Russell Stannard é professor de Física na *Open University* e Vice-Presidente do Instituto de Física na Grã-Bretanha. A sua investigação centra-se na área da física nuclear das altas energias. Recebeu em 1986 o Prémio Templeton e recentemente foi *Visiting Fellow* do *Center for Theoretical Inquiry* da Universidade de Princeton.

O tio Alberto e o mundo dos Quanta

Título original:
Uncle Albert and the Quantum Quest

© Russel Stannard, 1994
© Ilustrações: John Levers, 1991
edição original de Faber and Faber Limited

Tradução: Jorge Manuel Costa Almeida e Pinho

Revisão: Pedro Bernardo

Capa de Paulo Buchinho

Depósito Legal n° 246369/06

Biblioteca Nacional de Portugal - Catalogação na Publicação

STANNARD, Russell

O tio Alberto e o mundo dos quanta. - Reimp. - (Extra colecção ; 71)
ISBN 978-972-44-1314-3

CDU 087.5
539

Impressão e acabamento:
PENTAEDRO
para
EDIÇÕES 70, LDA.

Julho de 2009

ISBN: 978-972-44-1314-3
ISBN da 1ª edição: 972-44-1036-6

Direitos reservados para Portugal
por Edições 70

EDIÇÕES 70, Lda.
Rua Luciano Cordeiro, 123 – 1º Esq° - 1069-157 Lisboa / Portugal
Telefs.: 213190240 – Fax: 213190249
e-mail: geral@edicoes70.pt

www.edicoes70.pt

Esta obra está protegida pela lei. Não pode ser reproduzida,
no todo ou em parte, qualquer que seja o modo utilizado,
incluindo fotocópia e xerocópia, sem prévia autorização do Editor.
Qualquer transgressão à lei dos Direitos de Autor será passível
de procedimento judicial.

O tio Alberto e o mundo dos Quanta

RUSSELL STANNARD

70

O Autor

Os livros de Russell Stannard para o público infanto-juvenil foram já traduzidos para 12 línguas e a sua popularidade em escolas e em meios científicos, tanto no seu país como no estrangeiro, tem assegurado às suas obras o estatuto de *bestseller*, desde a publicação do primeiro livro da série *Tio Alberto* em 1989. O autor recebeu, nesse mesmo ano, uma menção honrosa pela sua contribuição para a divulgação e popularização da ciência. Russell Stannard vive em Leighton Buzzard, no Reino Unido.

Casado e com quatro filhos e três enteados, acredita que os elementos da física podem e devem ser apresentados às crianças de uma forma aliciante e acessível. *O Tempo* e *o espaço do Tio Alberto,* o seu primeiro livro para o público juvenil, foi nomeado tanto para o Prémio da Ciência como para o Prémio Whitehead na categoria infantil. *Os Buracos Negros e o Tio Alberto* e *O Tio Alberto* e *o Mundo dos* Quanta, exploram e desenvolvem as teorias de Einstein.

«A impressão geral que nos fica
da série do Tio Alberto
é uma lufada de ar fresco.»

Times Educational Supplement

Os meu agradecimentos

– a Lewis Carroll pelo empréstimo de algumas das suas personagens
– às crianças da Leighton Middle School por me ajudarem a reescrever as partes mais aborrecidas
– à minha neta Melanie, que insistiu em ser "a primeira pessoa do mundo a ler a história"
– e à minha esposa, Maggi, cuja ajuda incluiu a sugestão do título.

1
Mãos à obra

Caindo, caindo, caindo...
Gedanken já se sentia a cair há alguns minutos. Ainda conseguia ver a abertura do poço por onde escorregara. Mas já não era mais do que uma pequenina mancha de luz, lá muito acima. E ainda não chegara ao fundo do poço. Não se sentia muito preocupada. O que era estranho. Uma queda assim deveria ser *muito* preocupante. Mas não era uma queda normal; era quase como se estivesse a flutuar em direcção ao fundo.
— O que está a acontecer? — perguntou-se, enquanto observava as paredes escuras e húmidas do poço a passarem lentamente ao seu lado.
Algum tempo antes, estava muito calmamente sentada em frente da televisão a preparar-se para passar mais uma noite igual a tantas outras. Na verdade, o filme até nem era muito bom, mas que mais havia para fazer? O Tio Alberto sentado à secretária, estava muito ocupado, com uns papéis. Ele raramente via televisão, mas não se importava que ela visse, desde que o som estivesse baixo.
O Tio Alberto suspirou de cansaço.
— Que matéria o preocupa? — perguntou ela, olhando para cima.
Ele tirou os óculos e esfregou os olhos. Pensou durante alguns momentos.
— O que é a matéria? Bem, é uma boa questão — respondeu. — O que é a matéria? Bem, vamos lá pensar...

– Tio...
– Quando olhamos à nossa volta o que vemos? Muitas coisas diferentes. Centenas de milhar de produtos químicos diferentes. Ora, a questão é: será que podemos descrever esses produtos de uma forma mais simples? Será que podemos pensar que são compostos por apenas algumas coisinhas básicas...?
– TIO! – interrompeu ela.
– Hã! O que é? – perguntou ele.
– Eu não disse "Que matéria o ocupa?" Eu disse "Que matéria o preocupa?" Estava a perguntar acerca de *si*. O Tio *está* bem?
– Eu? Claro que estou bem. Porque não haveria de estar?
Voltou a pôr os óculos e virou-se novamente para os papéis.
– Talvez esteja apenas um pouco cansado – acrescentou.
– Mas é só isso.
Gedanken sentou-se durante alguns momentos e pôs-se a pensar. Durante um minuto tinha sido como antigamente... O Tio falara acerca de ciência com ela.
Ela e o tio partilhavam este segredo maravilhoso. O tio conseguia pôr-se a pensar com tanta força que era capaz de produzir uma bolha pensadora! Igual às que apareciam nos livros aos quadradinhos, só que esta bolha não era dos livros aos quadradinhos. Ficava ali por cima da cabeça dele, a pairar de um lado para o outro. E esta era apenas uma parte do segredo. Quando ele pensava mesmo com muita força, conseguia teletransportar Gedanken *para dentro* da bolha! Assim que lá entrava, ela vivia aventuras maravilhosas e explorava o Universo numa nave espacial. Tudo graças ao poder da imaginação do Tio Alberto. As descobertas que ela fazia naquela nave tinham-no ajudado a concluir investigações científicas. Que grande equipa formavam os dois.

Mas tudo isso acabara. A última vez em que participara numa dessas aventuras, Gedanken tinha danificado a nave espacial num buraco negro! A culpa fora dela. O Tio Alberto até se tinha mostrado muito compreensivo acerca do assunto (depois de se ter acalmado). Mas Gedanken ainda se sentia mal com toda a situação. Nem se atrevia a pedir-lhe para entrar novamente na bolha pensadora. Era por causa disso que estava agora em frente do televisor, noite após noite.

– Na realidade... – começou o Tio Alberto, pondo novamente de lado os óculos. – Na realidade, *não* estou cansado.

Levantou-se e sentou-se ao lado dela no sofá.

– Não. O problema é que estou confuso – confidenciou-lhe.

– Confuso? O que quer dizer? – perguntou Gedanken.

– O meu trabalho – disse ele, olhando para a secretária.

– Estou a tentar descobrir de que se *compõem* todas as coisas. É nisso que estou a trabalhar neste momento. Deve ter sido por isso que há bocado pensei que me estavas a fazer uma pergunta acerca desse assunto.

Riu-se um pouco, mas ficou novamente muito sério.

– Quando me fizeste aquela pergunta... – continuou. – Já sei do que preciso.

– Ah, sim. O que é?

– Preciso de ti – disse ele muito sério. – Preciso da tua ajuda, mais uma vez, Gedanken.

Ela abriu muito os olhos.

– Ora bem, sei perfeitamente que não tenho o direito de te pedir – acrescentou ele rapidamente. – Ainda para mais com o acidente que aconteceu da última vez, em que quase morreste...

– O QUÊ?

– Nada, nada. Desculpa. Por favor... – O Tio Alberto parecia embaraçado. – Esquece...

Começou a levantar-se, mas Gedanken agarrou-lhe o braço.
— *Esquecer?* — perguntou ela. — Esquecer o quê?
— Não tinha o direito... Tenho de tentar encontrar outra pessoa...
— Outra pessoa para *quê*?
— Para entrar na bolha pensadora.
— Quer que entre novamente na bolha pensadora? — gritou ela.
— Bem, sim, pensei nisso... Como és uma perita no assunto. Sei muito bem como te deves sentir. Foi um choque tão grande da última vez...
— Tio! — gritou ela, pondo-lhe os braços em volta do pescoço. — Estou *mortinha* por entrar na bolha pensadora outra vez. Já estava a pensar que nunca mais me concedia uma nova oportunidade. Nem sequer me atrevia a pedir-lhe.
— Tu... — O Tio Alberto olhou muito admirado para ela. — Não te atrevias sequer a pedir-me *a mim*! Mas *eu*, eu nem sequer me atrevia a pedir-te *a ti*!
Abraçaram-se um ao outro a rir.
— Bem, quem diria — disse ele por fim, largando-a. — Andava eu...
Sorriu para ela. — Bem, não importa. Acho que temos de recuperar o tempo perdido.
— Que bom! — exclamou ansiosa Gedanken. — O que vai ser desta vez? Uma nova nave espacial?
— Não, não. Desta vez não — respondeu ele. — Quero que vás explorar tudo para saber de que se compõem as coisas.

Pegou na lata de *Coca-Cola* vazia que Gedanken deixara no chão. Segurou nela e explicou:
— Quero saber de que se compõe isto e tudo o resto. Quais são as partes *mais pequenas*? Será que existem mesmo átomos? A única forma de descobrir é tornar-te pequena, muito, muito pequena. Temos de te tornar tão pequena quanto

os próprios átomos. Por isso, a questão é: Como é que fazemos isso...?
Recostou-se, afagando pensativamente o queixo. Subitamente, surgiu nos seus olhos um brilho malicioso.
– Ah – inspirou. – Já sei.
A bolha pensadora começou imediatamente a tomar forma. A princípio, enquanto olhava para dentro dela, Gedanken não conseguia ver nada. Depois, quando olhou com mais atenção, só conseguiu discernir um túnel obscurecido. E ao longo do túnel? Era difícil perceber, mas o túnel parecia desaparecer ao longe. Era muito estreito. A única forma de o percorrer parecia ser a rastejar.
Foi então que aconteceu! Ainda não se tinha apercebido e já estava *dentro* do túnel! Era assim que acontecia com a bolha pensadora: num momento, estava-se fora a olhar para ela; e no momento seguinte, já se estava dentro dela, e ela já tinha desaparecido.
– Oh – pensou Gedanken. – Foi rápido.
Olhou em volta. – Huumm. Que será que tenho de fazer agora. Ele esqueceu-se de me dizer.
Encolheu os ombros. – Nada de especial, penso eu. É melhor rastejar e ver até onde isto vai.
Conseguiu avançar muito devagar até chegar a um sítio onde o chão começava a inclinar-se. Era cada vez mais inclinado, até que ela começou a escorregar. A única coisa que notou de seguida foi que entrou disparada pela abertura de um poço muito fundo.
Foi assim que acabou a cair...
PUMBA! Chegara. Por alguns momentos ficou ali sentada, a olhar. A primeira coisa em que pensou foi em ver se tinha as calças sujas. (Eram novas; só as tinha usado uma vez). A segunda coisa em que pensou foi em saber se era assim que uma pessoa se sentia depois de morrer.
Não, ainda respirava. Levantou-se com algumas dores.
– Ai! Está a doer-me – resmungou, esfregando o rabo.

– Aposto que amanhã vai estar pisado. Ele é um perigo, um verdadeiro perigo. Podia ter-me espatifado. Podia ter ficado em pedacinhos... – Encolheu os ombros. – Não vou permitir que me faça isto outra vez...
Gedanken descobriu que estava num corredor. Decidiu-se a seguir por ele para ver até onde podia ir. Sentia-se um pouco dorida e com os membros rígidos enquanto caminhava, deu a volta a uma esquina e descobriu que o corredor se abria para um compartimento. No compartimento havia uma mesa de vidro com três pernas. Era a única peça de mobília.
– Onde estou? – perguntou-se.
Nessa altura, notou que estava uma garrafa em cima da mesa. Tinha bastante sede, por isso observou a garrafa mais de perto. Em torno do gargalo estava colada uma etiqueta. Nela podia ler-se:

BEBE-ME

– *Bebe-me!* – Exclamou. – OH NÃO!
Gedanken já sabia onde estava. O Tio Alberto tinha-a enviado para o País das Maravilhas! O mesmo País das Maravilhas para onde fora Alice.
– Que idiota – resmungou ferozmente. Então ergueu a voz na expectativa de que ele a conseguisse ouvir:
– Muito engraçado Tio. Ah, ah, ah. Muito engraçado.
A sua voz trocista ecoou em redor. A rabujenta sentou-se na beira da mesa. Mas esta começou a inclinar-se, afinal só tinha três pernas. Além disso, o rabo de Gedanken doía-lhe quando se sentava. Por isso, ficou de pé com os braços cruzados e mal-humorada. Gedanken estava *muito* aborrecida e muito desapontada.
– Não posso acreditar – pensava para consigo. – Que antiquado! *Alice no País das Maravilhas*, por amor de Deus!
Deu voltas à cabeça. O que acontecera em *Alice no País das Maravilhas*? Já tinha lido o livro há tanto tempo; ou

antes, tinha-o folheado... Nem sequer era um dos seus livros favoritos.
 Segundo se lembrava, passava-se qualquer coisa com uma Rainha má que queria cortar as cabeças das pessoas... Gedanken sentiu-se pouco à vontade.
 Do que se recordava era de Alice beber coisas e comer coisas que a faziam ficar maior ou mais pequena...
 – Deve ser isso – pensou. – Deve ser por causa disso que o Tio me mandou para aqui. Foi a única coisa de que se lembrou para me tornar mais pequena. Que patético! Será que nunca ouviu falar em computadores? Os computadores conseguem colocar qualquer coisa em qualquer cenário, e apenas com um toque numa tecla. Chamam-lhe realidade qualquer coisa. REALIDADE VIRTUAL, é isso. É isso que usam hoje em dia. Não usam *fantasias*. Um capacete de realidade virtual e eu podia ir para qualquer sítio, fazer qualquer coisa. Mas *isto*. Ora, pensem bem, como é que posso contar lá na escola que foi *aqui* que estive? Iam rir-se de mim.
 Olhou com algum receio para a garrafa. – Para que servirá? – perguntou-se. – Será que a bebida tornava Alice maior ou mais pequena? Mais pequena, penso eu.
 Desapertou a rolha e cheirou-a com todo o cuidado. Cheirava a coisas boas, a todas as coisas boas que já cheirara.
 Encolheu os ombros. – Aqui vai. – Ao dizer isto, tomou um gole.
 A princípio não aconteceu nada. Mas depois, devagar mas gradualmente, o compartimento e a mesa começaram a ficar mais altos. Foi então que se apercebeu que deveria ser ao contrário, era ela que estava a diminuir!
 Pânico! E se tivesse tomado de mais; e se acabasse por desaparecer completamente? Não era necessário preocupar-se. Após alguns segundos, parou de diminuir de tamanho.
 Olhou em volta. Viu uma porta. Parecia ser uma porta de tamanho normal, mas ela sabia que deveria ser uma porta

Mãos à obra

realmente muito pequena, tal como ela era agora. Fora provavelmente por causa disso que não reparara antes naquela porta. Estava aberta, por isso foi dar uma vista de olhos. Para além dela, descobriu um outro curto corredor, no final do qual havia uma outra porta. Esta era *realmente* pequenina.

– Não há maneira nenhuma de conseguir passar por *aquilo* – pensou. – A não ser que...

Foi então que se apercebeu que ainda tinha a garrafa na mão. Deveria ter diminuído de tamanho juntamente com ela.

– Mais um gole? E por que não? – pensou.

Bebeu mais uma vez e conseguiu passar pela segunda porta... Apenas para descobrir uma nova porta... Ainda mais pequena do que aquela que acabara de atravessar.

– Não há nada a fazer. Vamos a isto!

E assim continuou. Gedanken perdeu a conta ao número de portas que atravessara. Tudo o que sabia era que já deveria estar *bastante* pequenina.

Ao abrir a milionésima porta, apercebeu-se de que alguém desaparecia no corredor. Era uma figura vestida com um casaco branco. Parecia ter orelhas muito compridas.

– Desculpe! – Gritou. – Desculpe, será que me pode ajudar? Estou perdida...

Mas quem quer que fosse, não parou. Em vez disso, passou por ela a correr e a lamentar-se:

– Oh, pelas minhas orelhas e pelos meus bigodes, já é tão tarde!

O COELHO BRANCO!

– Deve ser ele – pensou Gedanken – Ei! Tu aí! – gritou. Mas já era demasiado taarde; ele já passara por uma porta aberta e tinha desaparecido.

2
Matéria picada

Por cima da porta através da qual desaparecera o Coelho havia um letreiro. Nele podia ler-se:

REAL SALÃO DE BAILE

Gedanken sorriu e recordou-se que antigamente pensava que um salão de baile era um recinto especial para grandes brincadeiras. Naquela altura, Gedanken não percebia que era apenas um nome chique para um salão onde se podia dançar.
Ao lado do letreiro havia um outro aviso:

~~LABORORATÓRIO~~ CIENTÍFICO REAL
~~LABRATÓRIO~~
~~LAVRARTÓRIO~~
Lavatório! →
LABORATÓRIO

– Huumm. Não sou só eu que não sei escrever correctamente – pensou Gedanken. – Mas como é que um lugar pode ser um salão de baile *e* um laboratório ao mesmo tempo? E o que é isto de "Real"?
Nesse preciso instante, ouviu-se um grito agudo proveniente do interior – Cortem-lhes as pernas! Cortem--lhes os braços!

Gedanken ficou completamente petrificada. Ouvia o ruído de pessoas que corriam de um lado para o outro. E ouviu o som sinistro de uma machadada.

– Cortem-lhes as caudas! Cortem-lhes as cabeças! – ordenava a voz.

Devia ser a Rainha de Copas! Durante alguns momentos Gedanken sentiu-se demasiado assustada para saber o que fazer. Estava prestes a virar-se e a fugir, mas apercebeu-se de que não valia a pena. Não conseguiria subir novamente pelo poço. Além disso, tinha muita curiosidade. Que estaria a acontecer naquela sala?

Após alguns instantes, os gritos estridentes da Rainha baixaram de tom. Cautelosamente, Gedanken caminhou em bicos de pés até à porta. Depois, olhou com todo o cuidado para dentro da sala.

A sala era enorme. Gedanken conseguia ver a Rainha a andar de um lado para o outro. As pessoas corriam freneticamente daqui para ali. Na verdade, não eram realmente "pessoas"; eram cartas de jogar. Cada uma tinha dois braços e duas pernas ligadas aos quatro cantos e uma cabeça na parte de cima.

Algumas levavam nas mãos uns animais peludos que se contorciam bastante. Os animais eram transportados para cima de uma mesa de madeira sem quaisquer enfeites. Em cima da mesa, as cartas seguravam firmemente nos pobres animais enquanto estes eram cortados aos pedacinhos. Esta tarefa era executada por um carrasco – uma carta de ar feroz que usava uma máscara preta e brandia um machado. Terrível. Gedanken mal conseguia olhar.

À medida que os pedacinhos caíam no chão, rolavam e transformavam-se em bolas. Nessa altura, as outras cartas atingiam-nos. Para o fazer usavam flamingos. Pegavam no corpo do flamingo, esticavam-lhe o longo pescoço e acertavam nas bolas com a cabeça do pássaro. O objectivo era fazer passar a bola por uma série de arcos. Os arcos eram feitos com cartas, que se dobravam de maneira a formarem um arco com as costas.

– Croqué – pensou Gedanken. – Era o que faziam em *Alice* – jogavam croqué, usando flamingos como tacos... e ouriços-cacheiros como bolas. Mas estes animais não são ouriços-cacheiros.

– Ai, ai. O que é que já temos? Era o Coelho Branco. Agora Gedanken já via que o casaco branco que ele usava cra semelhante ao que os cientistas usam. Estava sentado à secretária. Tinha um grande bloco de notas à frente. De cada vez que um dos animais era executado o Coelho tomava notas.

Após algum tempo, todos pareciam estar um pouco mais descontraídos; já não corriam de um lado para o outro. Gedanken olhou em volta. Ah! Estava tudo explicado. A Rainha saíra.

Gedanken pensou para consigo que deveria ser um momento seguro para entrar na sala. Depois de entrar, olhou em volta. Que local tão estranho! As paredes estavam revestidas com um papel de parede vermelho, aparentemente caro, as cortinas eram de veludo espesso e os candelabros de vidro estavam suspensos do tecto pintado em tons de dourado. Contudo, os únicos móveis existentes na sala eram a mesa de madeira, sem quaisquer enfeites, e a secretária do Coelho.

Gedanken caminhou devagar até junto do Coelho.
– Desculpe – começou ela.
– Oh! – exclamou o Coelho, parecendo surpreendido. – O que és tu?
– *O que és tu?* – disse Gedanken com um sorriso. – Queres dizer "*Quem* és tu?" e não "*O que* és tu?"
– Não, não quero – respondeu o Coelho. – *O que és tu?*
– Bem, o que *pensas* tu que eu sou? – retorquiu Gedanken mal-humorada.
– Pareces-me ser uma daquelas coisas-menina. Como a outra.
– Que outra?
– A Alice qualquer-coisa. Aquela que causou os problemas todos. Só espero que não venhas cá para criar problemas.
Gedanken encolheu os ombros. – Por que haveria de o fazer?
– Bem, se não estás aqui para causar problemas, então para que estás aqui? – perguntou o Coelho desconfiado.
– Fui enviada para descobrir de que se compõem todas as coisas – disse Gedanken.
– Ai foste? – respondeu muito surpreendido o Coelho.
– Sim. Para saber quais são os pedacinhos mais pequeninos da matéria? Esse tipo de coisas. Mas porque fui mandada para *aqui*, isso não sei.
– Huumm! – resmungou o Coelho, a tremer de indignação. – Huumm! – repetiu. – Tenho de te dizer que não poderias ter vindo parar a um local mais apropriado. *Com quem* pensas que estás a falar?
– Com um coelho.
– Com um *coelho*! Com o Cientista-chefe da Rainha, se não te importas.
– Oh – disse Gedanken atrapalhada. – não me lembro

nada de seres um cientista – pelo menos não eras quando li *Alice no País das Maravilhas*.
– Fui promovido... Na semana passada. Quando a Rainha decidiu que tinha de ser moderna e científica... Sou o seu Cientista-chefe.
– Oh. Parabéns. Mas... não compreendo. Como aprendeste a ser cientista... no espaço de uma semana? – perguntou Gedanken.
– Cientista-c*hefe* – corrigiu o Coelho.
– Cientista-c*hefe*, está bem... no espaço de uma semana?
O Coelho parecia pouco à vontade e mandou-a embora com um aceno de mão.
– Estás a fazer-me perder tempo. Não vês que estou ocupado? Tenho de tomar notas. Notas *científicas* – salientou, e começou a escrever com um ar diligente.
– Desculpa, não queria interromper – disse Gedanken.
Durante alguns momentos tentou espreitar por cima do ombro dele para ver o que ele escrevia. Mas não lhe serviu de nada. O Coelho conseguia tapar com o braço tudo o que escrevia. Gedanken suspeitou que ele fazia de propósito.
– Em que estás a trabalhar? – perguntou finalmente Gedanken. – Tem alguma coisa a ver com o que está a acontecer ali? – disse ela, indicando com a cabeça a mesa de madeira, cheia de animais a contorcerem-se.
O Coelho suspirou. – Claro que tem a ver com aquilo. O que pensas? Tenho de descobrir de que se compõem todas as coisas.
– Tu também? – perguntou Gedanken.
– Sim.
– Oh.
Gedanken pensou durante alguns momentos, depois perguntou – Será que há alguma hipótese de formarmos uma equipa, eu e tu? De trabalharmos juntos nisto?

Matéria picada

O Coelho olhou para cima ansiosamente, e disse com sinceridade – Seria absolutamente maravilhoso... – Parou, parecendo embaraçado, mas recompôs-se novamente, acrescentando de uma forma improvisada – Hã... Quer dizer... Faz como quiseres. Se me quiseres ajudar... não me incomoda. De qualquer modo já estamos quase a terminar.
– Muito obrigado – replicou Gedanken. – É muito gentil da tua parte.
– De nada – disse o Coelho.
Gedanken tinha a sensação de que ele estava efectivamente muito contente por ter alguém para o ajudar.
– Aqueles pobres animaizinhos. Será que é realmente necessário matá-los...?
– Animais? – gritou o Coelho. – Tu julgas...
Riu-se. – Anda cá – chamou o carrasco. – Sabes o que ela pensa que estás a fazer? Ela pensa que tu estás a matar animais. – O carrasco encostou-se ao machado e começou a rir-se. As outras cartas também começaram a rir-se.
– Não são *animais* – disse o Coelho. – Anda cá. Vou mostrar-te.
Um pouco mais perto, Gedanken ainda julgava que eram animais peludos. Mas agora já conseguia aperceber-se de que não estavam vivos. Não estavam a contorcer-se, como ela pensara anteriormente; era quase como se oscilassem de uma forma regular; como se tivessem molas a saltar no seu interior. Eram de muitos e variados tamanhos: alguns eram pequenos, outros eram grandes. Havia alguns compridos e outros curtos. Alguns tinham protuberâncias. Outros assemelhavam-se a anéis; outros ainda, assemelhavam-se às molas de um colchão.
– São *moléculas* – disse o Coelho.
– Moléculas? – perguntou Gedanken. – O que... o que... são exactamente.... Huumm... moléculas?

O Coelho olhou para ela com algum desprezo. – Afinal não me parece que saibas grande coisa. Parece-me que não vais poder ajudar-me muito. Seja como for, uma molécula, se realmente queres saber, é a quantidade mais pequena de qualquer coisa.
– Oh – murmurou Gedanken. – Muito obrigado.
– Aquela ali – continuou o Coelho, apontando para uma molécula curta e recta. – é sal. É o mais pequeno grão de sal que é possível obter. Esta – continuou, pegando numa molécula curva – é água; a mais pequena gota de água que é possível obter.
– Mas há tantas – exclamou Gedanken, à medida que as cartas traziam cada vez mais moléculas para a mesa e as empilhavam umas em cima das outras.
– Centenas de milhar de diferentes tipos de moléculas – anunciou o Coelho. – Olha para aqueles camiões ali fora… – O Coelho apontou através de uma porta que dava para um pátio. Gedanken conseguia ver uma longa fila de camiões à espera de serem descarregados. – Estão cheios. Estão todos cheios de moléculas. Foram recolhidas em todo o mundo, uma de cada substância química, todas elas diferentes.
– Que confusão – disse Gedanken. – Como é que consegues saber de que são?
– Ah, essa é a parte mais fácil. Não é necessário saber. Na verdade é tudo muito simples, graças aqui ao meu bom amigo.
O Coelho indicou o carrasco.
– Sim, já ia perguntar. Porque *está* ele a cortá-las? – perguntou Gedanken.
– Ah… Bem… Sabes… Descobrimos que as moléculas podem ser divididas em pedacinhos ainda mais pequenos, a que chamamos "*átomos*".

Matéria picada

— Mas acabaste de me dizer que as *moléculas* eram os pedacinhos mais pequeninos – protestou Gedanken.

O Coelho suspirou. – O que eu disse foi que uma molécula era a quantidade mais pequena que se pode obter de qualquer coisa. A molécula de sal, por exemplo, é a quantidade mais pequena que se pode obter do sal. Mas isso não significa que não pode ser dividida. Tudo o que te estou a dizer é que se se quiser *realmente* dividir essa molécula, ela deixa de ser sal. CHOP! Sem avisar, o carrasco fez cair o machado e cortou de forma certeira a molécula de sal. CHOP! CHOP! A molécula de água foi a seguinte; dividiu-se em três partes.

— Ora vês! – disse o Coelho. – Estes são os átomos que compunham aquelas moléculas. A molécula de sal tinha dois átomos; a de água, três.

— Estou a ver – disse Gedanken. Olhou para o jogo de croquete. – E o que estão *eles* a fazer? – perguntou.

— Estão a separá-los – respondeu o Coelho. Estão a separar os diferentes géneros de átomos.

— Quantos géneros diferentes há?

— Conta-os. Há um arco para cada género de átomo.

Gedanken foi até junto das cartas em forma de arcos. Cada uma delas tinha uma etiqueta: "HIDROGÉNIO", "HÉLIO", "LÍTIO"... "CARBONO"... "OXIGÉNIO"... "SÓDIO"... "CLORO"... etc. A última chamava-se "URÂNIO". À medida que os átomos rolavam através dos arcos, cada um deles juntava-se a um monte de átomos semelhantes.

— Um, dois, três... – contou ela – ...90, 91, 92. Há 92 montes – anunciou.

— Muito bem. É isso mesmo – concordou o Coelho. – É assim desde há muito tempo. Parece que não necessitamos de mais. Só há 92 géneros diferentes de átomos... Não é?

— Penso que sim – respondeu Gedanken.

— No entanto, é melhor continuarmos a verificar — continuou o Coelho. Acenou com a caneta na direcção do carrasco para lhe indicar que era melhor regressarem ao trabalho.

— Mas como é que decidem com tanta certeza que átomo é que deve ir para cada um dos montes? — perguntou Gedanken. — Sabem isso pelo tamanho?

— Não é bem assim — respondeu o Coelho. — Pela cor. É principalmente pela cor que decidimos.

Quando Gedanken regressou à mesa, o Coelho pegou nos três átomos que compunham a molécula de água.

— Aqui, estás a ver? Estes dois são da mesma cor; são ambos de hidrogénio. Pertencem ao monte número um. E este é diferente; é um átomo de oxigénio. Pertence ao monte número oito.

Gedanken colocou um dos átomos de hidrogénio na palma da mão. Parecia esponjoso. Tinha uma aparência turva, algo nublada. Exibia reflexos das cores mais adoráveis: uma mistura de vermelho com verde-azulado e com violeta. A superfície não estava propriamente pintada daquela cor. Não. A luz colorida parecia brilhar a partir do interior mais profundo do átomo. Para Gedanken parecia ser algo de mágico e de misterioso.

O átomo de oxigénio era diferente. Tinha uma nebulosidade muito mais densa e espessa, e as suas cores eram uma mistura principalmente de amarelo com algum cor de laranja, vermelho e verde.

— E estes? — perguntou ela, pegando nos dois átomos que pertenciam à molécula de sal.

— Sódio e cloro. Pertencem aos montes número... Huumm... 11 e 17 — disse-lhe o Coelho.

Gedanken estava particularmente interessada no átomo de sódio. Transmitia uma luz amarela brilhante. Recordou-

Matéria picada

-se que na rua dela, quando tinham sido colocados novos candeeiros que lançavam uma intensa luz amarela, o jornal local lhes tinha chamado "luzes de sódio".

– Então estás a dizer que *tudo*, todas aquelas centenas de milhar de moléculas diferentes, são compostas apenas por 92 géneros diferentes de átomos? Por diferentes formas de combinar estes 92 átomos? – perguntou ela.

O Coelho acenou que sim com a cabeça. Gedanken tomou nota mental desta informação para a transmitir ao Tio Alberto quando regressasse.
– E por que lhes chamas "átomos"? – perguntou ela.
– Porque significa "algo que não pode ser cortado".
– Aaahhh.
Gedanken olhou em volta.
– E outra coisa que te queria perguntar – continuou. – Por que há dois letreiros lá fora? Que lugar é este na verdade? É um salão de baile ou é um laboratório?
– Depende.
– De quê?
– Depende do que estiver a acontecer aqui, é claro. Se as pessoas estiverem a dançar, é um salão de baile. Se as pessoas estiverem a fazer experiências, é um laboratório. E à noite quando ninguém está a fazer nada – e o Coelho encolheu os ombros – não é uma coisa nem outra.

Regressou novamente à mesa.
– Desculpa – disse ele para o carrasco, que estava novamente muito atarefado. – Não vi aquele. O que era?
– Álcool – foi a resposta.
De repente, a sala ficou muito silenciosa. As cartas pararam com o jogo de croqué. Estavam a ouvir com muita atenção.

– Parece que são dois de carbono, um de oxigénio e, vamos lá a ver... um, dois, três... Sim, seis de hidrogénio – disse o carrasco.

Algumas cartas escrevinharam secretamente os números nas respectivas barrigas.

3
A dança dos pontos

Gedanken estava cheia de vontade de regressar para junto do Tio Alberto para lhe contar o que descobrira. Mas como o poderia fazer? Não teve muito tempo para pensar nisso porque se ouviu novamente a voz da Rainha.
– Está bem, já chega por hoje! – gritou ela. – Limpem o chão! São horas de dançar.
– Viva a Rainha! – gritaram as cartas dos arcos. Endireitaram as costas doridas e esticaram as pernas já um pouco rígidas.
– Dançar? – sussurrou Gedanken para a orelha do Coelho.
– Mas afinal o que é *isto*?
– Tem de se fazer o que ela diz – respondeu o Coelho. – É hora de dançar. A Rainha gosta de dançar. Isto – disse ele, agitando os braços – é um salão de baile, lembras-te?
As cartas caíram umas sobre as outras com entusiasmo. Algumas empurraram a mesa e a secretária para o corredor. As cartas que usavam os flamingos como tacos viravam agora os pássaros ao contrário. Segurando o corpo dos flamingos por entre as pernas e esticando-lhes a cabeça bem para cima com uma das mãos, dedilhavam no pescoço dos pássaros com a outra mão. Havia inúmeras penas no ar!
– Que cruel! – pensou Gedanken.
O som agudo até era bastante melodioso, apesar de

Gedanken achar que não eram necessários os grasnidos. Ela não conseguia perceber se os grasnidos eram supostamente o coro ou se eram simplesmente os pássaros a protestar com dores. De qualquer maneira, Gedanken quase podia apostar que não era uma canção que algum dia entrasse nas tabelas musicais.

A Rainha pegou no Rei de Copas e fê-lo rodopiar. Quando passavam por Gedanken, a Rainha gritou-lhe.

– Tu! Sua coisa grande e redonda. Sim, tu. Tens de dançar com o Cientista-chefe.

Apontou para o Coelho Branco. As orelhas do Coelho puseram-se de pé, em pânico. O Coelho olhou uma vez para Gedanken… e fugiu. Desapareceu por entre uma multidão de cartas saltitantes.

Enquanto todos entravam na dança, Gedanken sentiu-se posta de parte. Não que *todos* estivessem a dançar, como notou. A um canto havia um grupo de cartas, muito juntinhas. Tinham três sacos de átomos e um tubo de cola. Estudavam deliberadamente a barriga de uma das cartas.

Gedanken foi até junto dos montes de átomos empilhados de encontro à parede. Deu alguns pontapés nas pequenas bolas durante um pedaço. Depois, ajoelhou-se e pegou numa delas; era uma bola de hidrogénio.

Enquanto pegava nela na palma da mão começou a pensar.

– Tudo é composto por eles, por apenas 92 géneros de átomos. Mas de que é composto um átomo?

Olhou bem para o interior do átomo, admirando as suas belas cores.

– O Coelho Branco disse que não se pode cortar um átomo – continuou ela. – Por isso, talvez não seja composto por mais nada. Talvez não tenha pedacinhos mais pequenos no seu interior.

Olhou fixamente para o átomo. – Se ao menos tivesse uma lupa podia observá-lo melhor. Talvez conseguisse ver através da nebulosidade e verificar se há alguma coisa lá dentro.

Foi então que teve uma ideia. A garrafa. A garrafa para a tornar mais pequena. Procurou no bolso das calças e pegou na garrafa. Segurou nela em frente da luz.

– Ahã. Ainda tem um bocadinho.

Desapertou a tampa e bebeu um gole. O átomo que tinha na mão começou imediatamente a crescer, ainda que, como é evidente, Gedanken já soubesse que provavelmente estava a acontecer o contrário. Era ela que estava a diminuir de tamanho.

Largou o átomo; tornara-se demasiado pequena para lhe poder pegar.

Enquanto continuava a diminuir de tamanho, tomou consciência de que as luzes tinham começado a piscar. Era como se alguém as ligasse e desligasse, ligasse e desligasse.

– Oh não – disse ela. – Mudaram para uma daquelas luzes de discoteca que estão sempre a piscar, uma daquelas luzes estroboscópicas.

Estava muito zangada. – Esta agora! Para que querem eles aquilo? Agora não vou poder ver nada.

A primeira vez que vira uma luz estroboscópica fora num espectáculo de teatro no Natal. Era um espectáculo acerca de uma bruxa má que vivia numa floresta. Havia uma cena em que tudo ficava completamente às escuras. Nessa altura, de repente, começava a aparecer um clarão de luz. Era um pouco estranho. A princípio a bruxa estava num lugar... Depois, já estava num outro... Depois, num outro. Não se conseguia perceber o que ela fazia entre cada um dos momentos em que apareciam os clarões de luz. Por isso não se fazia ideia nenhuma de como ela passava de um sítio para outro. Além disso, quando se conseguia realmente ver a bruxa, o clarão de luz era tão curto que ela não tinha tempo para se movimentar – parecia ficar parada no meio do ar. Por isso, parecia tudo extremamente brusco.

Desde então Gedanken fora a muitas discotecas onde usavam o mesmo género de efeitos estroboscópicos. Ainda lhes achava alguma graça, mas neste momento bem gostaria que não os usassem.

Finalmente, parou de diminuir de tamanho. Olhou muito fixamente para o átomo de hidrogénio que se erguia bem acima dela.

– Ah – exclamou. – Então sempre *há* qualquer coisa dentro dele.

Na realidade, graças aos clarões de luz ela conseguia discernir bem no centro do átomo uma pequena bola. Estava lá mesmo no meio.

E não era tudo. Havia alguma coisa a pairar e a zumbir em torno da bola, quase como se fosse uma abelha a regressar à colmeia. Mas o que era aquilo? Gedanken não conseguia ver bem. Fosse o que fosse, era muito, muito pequenino. Tão pequenino que parecia um pequeno ponto, um ponto menor do que este ponto final aqui: .

Primeiro, estava num sítio... depois, num outro. Gedanken não conseguia perceber qual era o caminho que o ponto seguia, do mesmo modo que não conseguira ver como é que a bruxa passava de um sítio para outro.

– Aquela luz estúpida! – resmungou furiosa. – Porquê uma discoteca? Será que não podia fazer um baile em condições? E intitula-se a si própria Rainha!

Enquanto observava, Gedanken tentava adivinhar onde poderia surgir de seguida o ponto. Mas não conseguia; não havia forma nenhuma de adivinhar. Tudo o que conseguia dizer era que o ponto normalmente aparecia muito perto da bola central; só muito raramente aparecia mais longe.

– E há outra coisa – pensou Gedanken. – Aquela nebulosidade, a nebulosidade que o átomo tinha quando era maior. Já não a tem...
Foi então que se lembrou. – É claro. Deve ser isso. Agora que já estou mais perto e que consigo aperceber-me com mais clareza dos pormenores da nebulosidade, já posso ver que afinal ela é composta por pontos, por pontos pequeninos, por aquela coisa parecida com uma abelha em sítios diferentes. Muitos pontos, um após outro, perto do centro, naquele sítio onde a nebulosidade parece mais densa; menos pontos perto da margem, no sítio em que a nebulosidade é menos espessa. Era por isso que me parecia que os "animais molécula" eram "peludos".

Durante alguns momentos, Gedanken ficou ali a olhar fixamente para o ponto a saltitar e para a parte do meio onde ele surgia, para as cores: vermelho brilhante, verde-azulado e violeta. Entretanto, a bola pairava em torno do centro.

Mas foi então que Gedanken se recordou de que este era apenas um género de átomo: o hidrogénio. E quanto aos outros? Decidiu dar uma olhadela.

Não era nada fácil. Como era muito pequena, o monte mais próximo parecia estar a uma distância enorme. Não só isso, tinha de se manter muito perto do rodapé para não ser espezinhada pelas cartas que continuavam a dançar.

Após o que lhe pareceu ser uma eternidade, Gedanken chegou ao monte seguinte, denominado HÉLIO. Examinou atentamente um dos átomos.

Notou imediatamente uma diferença. De cada vez que havia um clarão de luz, apareciam *dois* pontos. No hidrogénio só havia um.

– Então o hélio tem duas abelhas, ou lá o que são – pensou para consigo.

Não era só isso, havia uma segunda diferença: a bola

situada no centro não era verdadeiramente uma bola; assemelhava-se mais a *quatro* bolas coladas umas às outras e a saltitarem com grande rapidez. Cada uma das bolas parecia ser do mesmo tamanho que a bola de hidrogénio.

Gedanken foi até junto do terceiro monte, LÍTIO. Desta vez conseguia ver *três* pontos sempre que havia um clarão de luz. Além disso, o centro era ainda maior do que o do hélio; tinha *seis* bolas coladas umas às outras.

Gedanken continuou, observando um monte após outro. Em cada novo monte, o número de "abelhas" aumentava uma unidade. Por isso quando chegou finalmente ao 92º monte, o do URÂNIO, partiu do princípio de que deveria ter 92 "abelhas", ainda que fosse impossível, com tantas ao mesmo tempo, contá-las a todas.

Durante a viagem pelos diversos montes, Gedanken também notara que o conjunto de bolas coladas umas às outras no centro de cada átomo se tinha tornado cada vez maior. No urânio, Gedanken calculou que deveria haver mais de 200 bolas. Fazia-lhe lembrar uma framboesa, pelo menos na sua forma; não na cor. Não era vermelha como uma framboesa; era... enevoada.

Enevoada? Gedanken franziu o sobrolho. O átomo parecera-lhe enevoado quando era maior, mas agora que ela já sabia que a nebulosidade era provocada pelos pontos. E se...?

Pegou na garrafa mais uma vez. Um último gole.

À medida que a "framboesa" parecia ficar cada vez maior, a nebulosidade desapareceu e em seu lugar, surgiram mais pontos! Não restavam dúvidas. Não só havia coisinhas com pontos a pairar em torno da parte exterior deste conjunto de bolas, como cada uma das bolas era também composta por pontos. Quantos? Um... dois... três. Sim, três coisinhas com pontos para cada uma das bolas.

— E em torno de que andam *estas* coisinhas com pontos? — perguntou-se Gedanken. — Se calhar em torno de uma outra bola no centro, desta vez ainda mais pequena. Olhou com muita atenção. Não, não parecia haver uma bola mais pequena no interior destas bolas. Gedanken não conseguia ver absolutamente mais nada senão os pontos.
— Então — pensou. — É isso. O átomo é composto por coisinhas com pontos que pairam em torno de uma coisa parecida com uma framboesa. A framboesa é composta por bolas. E cada uma destas bolas é composta por mais três coisinhas com pontos que pairam em redor... uns dos outros. Certo. Missão cumprida. Como é que volto para casa?
É verdade, como?
Foi então que notou pela primeira vez que havia uma pequena caixa de vidro no chão, junto à parede. Foi até lá e pegou nela. Quando abriu a tampa descobriu que dentro da caixa havia um pequeno bolo. Tinha as seguintes letras escritas com groselhas:

COME-ME

— Realmente Tio! Que criancice — resmungou. — Espere só até eu regressar.
Não sabia bem o que fazer, mas decidiu que não havia mais nada a fazer ali. Era melhor comer aquela coisa e esperar para ver o que ia acontecer.
Na verdade, todo este trabalho científico provocara-lhe muita fome, e era um belo bolo. Comeu-o muito rapidamente.
Foi então que aconteceu. Começou a crescer... e a crescer. Deixou as framboesas para trás, depois os átomos.
— Ah! Estás aí — gritou a Rainha. — Onde estiveste? Porque não estás a dançar? Vamos cortar-te a cabeça!
Algumas cartas afastaram-se para chamarem o carrasco.

— E já que vão tratar disso, cortem também a cabeça daquelas – disse a Rainha, apontando para um grupo de cartas encostadas num canto do salão. Era um grupo de cartas muito alegres, que caíam para o chão e entoavam canções barulhentas, como se estivessem embriagadas.

Mas Gedanken continuou a crescer. Já preenchia grande parte do salão de baile. Ouviam-se inúmeros gritos. As guitarras-flamingo pararam de tocar. Gedanken viu o Coelho Branco. Ele acenava-lhe e guinchava – Não é permitido. Não é permitido. Desce daí.

Mas não havia nada que ela conseguisse fazer para parar de crescer. Já estava completamente encostada às paredes. Ouviu o som do vidro a estilhaçar-se enquanto o braço saía por uma das janelas. Um candelabro ficou preso nos cabelos, puxando-lhos.

Foi então, precisamente quando ela julgava que ia ser esmagada, ou que acabaria por morrer sem ar, que aconteceu uma grande explosão. O telhado desapareceu e Gedanken foi atirada pelos ares. Era como se estivesse a ser projectada do assento de um avião. Fechou os olhos e gritou.

TRÁÁÁSSS! Aterrou no chão.

Será que estava morta? Não. Sentou-se e olhou em volta. O Tio Alberto! Que alívio! Estava de volta ao gabinete do Tio Alberto.

Mas por que motivo estava ele assim... todo enroscado na cadeira, com um ar tão assustado?

— Está bem Tio? – perguntou Gedanken.

— E *tu*, estás bem? – respondeu ele.

— Eu? Sim, estou bem... acho eu – disse ela. – Mas ainda não sei – acrescentou, esfregando o rabo. – É a segunda queda que dou. Vou ficar com duas pisaduras, graças a si. Mas porque está assim? O que aconteceu?

O Tio Alberto sentou-se direito e olhou em volta.
– Bem, não sei muito bem. Estava aqui calmamente e muito concentrado, como faço sempre que estás na bolha e de repente a bolha rebentou e tu caíste!
– Oh – disse ela. – Não me diga que danifiquei a bolha desta vez? Primeiro foi a nave e agora isto!
O Tio Alberto encolheu os ombros. – Não faço ideia. Mas também não era preciso comeres aquele bolo *todo*.
– O que quer dizer com "aquele bolo *todo*"? O bolo todo era menor do que um átomo!
Nessa altura pensou.
– Ei – continuou. – Como é que se pode ter um bolo, um bolo inteiro, menor do que um átomo. É impossível.
O Tio Alberto parecia um pouco envergonhado.
– De facto, foi uma ideia estúpida, com todas aquelas coisas de BEBE-ME e COME-ME. Fiquei surpreendida por alguém como o Tio não ter pensado em nada melhor do que *aquilo*.
– Na verdade, até pensei que era uma ideia muito inteligente – disse o Tio Alberto. – Sempre gostei de *Alice no País das Maravilhas*... desde rapaz.
– Desde rapaz – escarneceu Gedanken. – Já evoluímos muito desde essa altura Tio? Ninguém lê essas coisas hoje em dia. Se tinha de me tornar pequenina, porque não o fez com computadores, com realidade virtual e isso tudo...
– Baaah! Computadores! – desdenhou o Tio Alberto. – É só nisso que os miúdos pensam hoje em dia. Os computadores são apenas uma desculpa para não terem de *pensar*.
– O QUÊ! – explodiu Gedanken. – Muito honestamente, Tio, há alturas em que não sabe mesmo nada do que está a falar. A escola está cheia de computadores. *Aprendemos* com os computadores. Está a ficar velho... É esse o seu problema. Está a ficar muito velho, e falo mesmo a sério, *muito* velho.

A dança dos pontos

O Tio Alberto sorriu ironicamente. – Talvez sim, talvez não. De qualquer maneira, conta-me lá o que descobriste.

Gedanken contou-lhe tudo. Entretanto, o Tio Alberto anotava tudo no bloco de notas. Bem, nem *tudo*. Deixou de lado o que Gedanken lhe contava acerca da Rainha, e acerca do Coelho Branco e das cartas, e anotava simplesmente o que ela descobrira acerca dos átomos.

– Então há mesmo átomos – murmurou ele com satisfação. – Também pensava que sim. E estas "coisas abelha" que pairavam e zumbiam, devem ser *electrões*.

– Electrões? – perguntou Gedanken.

– Sim. É o que acontece quando se liga a electricidade. Produz-se uma corrente de pedacinhos muito, muito pequeninos de matéria, que viajam ao longo do fio. É a corrente eléctrica, uma corrente de pequenas partículas chamadas "electrões". Acho que são os pedaços externos dos teus átomos, as "abelhas" que foram postas fora do átomo.

– E a framboesa?

– Ah sim, e a framboesa!? Que surpresa. Quem poderia pensar que o átomo tinha um núcleo?!

– Um núcleo?

– Sim. Um centro, uma parte central. É isso que *núcleo* significa.

– E quanto às bolas que compõem o núcleo? Como se chamam?

O Tio Alberto encolheu os ombros. – Ora bem, vamos lá a ver. Os electrões compõem a electricidade, por isso suponho que deveríamos dizer que os *nucleões* compõem o núcleo.

– E então as outras coisas parecidas com abelhas, as que estão no interior de cada nucleão? Como lhes vamos chamar? – perguntou Gedanken.

O Tio Alberto pensou durante alguns instantes, mas desistiu.

— Oh, não sei. Não sei mesmo. Pensa *tu* num nome. É a tua vez.
Gedanken pensou bastante. Era muito difícil pensar em nomes. Por vezes preocupava-se com o facto de um dia crescer e ter filhos, porque provavelmente chamar-lhes-ia a todos "Ei, tu", já que nunca se conseguia decidir quanto ao nome de que gostava mais.
Agora, enquanto recordava a cena do salão de baile, tudo aquilo em que conseguia pensar era no barulho que faziam os grasnidos dos flamingos.
— Porque não lhes chamamos simplesmente "quaacs"? — sugeriu ela finalmente.
— Disseste *quarks*? Sim, porque não. — E assim o Tio Alberto escreveu "*quarks*" no seu bloco de notas.
Gedanken olhou para ele de boca aberta.
— Tio! Era só uma *piada*. Não lhes pode chamar isso!
— Por que não?
— Por que não? Porque não pode. Isto é *ciência*. É a sério. Além disso — acrescentou ela — eu disse "quaac" e não "quark".
— Agora já é muito tarde — disse o Tio Alberto, fechando o bloco. — O que escrevi está escrito, e escrevi-o com uma caneta. Por isso, fica *quarks*.

Nessa noite, metida na cama, Gedanken recordou-se de tudo. Todas as coisas eram compostas por electrões que zumbiam e por *quarks*. E os *quarks* eram tão pequeninos que nem pareciam ocupar espaço nenhum. Que estranho: tudo o que existia no quarto, a cama, a secretária, a cadeira e as paredes, tinha uma aparência tão sólida, mas na verdade compunham-se principalmente de espaço vazio.
Sentia-se cada vez mais sonolenta e começou a pensar nas cartas. Eram necessárias 92 cartas para os arcos. Havia

A dança do pontos

ainda outras que seguravam nos flamingos. Mas só há 52 cartas num baralho, sem contar com o *joker*. Por isso, devia haver *dois* baralhos. E isso, por sua vez, queria dizer que deviam ser *duas* as Rainhas de Copas. Talvez aquela que estava interessada na ciência, no início, fosse uma Rainha, e a outra, aquela que viera anunciar o princípio do baile, fosse uma outra Rainha. Ou talvez uma das Rainhas já tivesse cortado a cabeça da outra para que só houvesse uma...

4

Espremer as ondas

– Quer um bocadinho de bolo? – perguntou Gedanken.
– Ainda não – respondeu o Tio Alberto. – Ainda não acabei isto. – Mostrou-lhe a sanduíche que estava a comer.

Os pais de Gedanken tinham-lhe dado permissão para ela passar um fim-de-semana com o Tio Alberto, durante o qual os dois iriam andar de barco. Estava um belo fim de tarde, por isso lanchavam no pátio do chalé alugado. A partir do sítio onde estavam sentados tinham uma vista maravilhosa de toda a baía.

O Tio Alberto olhou para ela e acrescentou – Se essa é a tua forma simpática de perguntar se *podes* comer mais, a resposta é... Sim, podes.

Ela sorriu e cortou mais uma fatia, a maior que se sentia capaz de comer.

– Julgo que este é um bolo *normal*! – disse ela.
– Não diria isso. Foi muito caro...

Mas, parou. – Oh, já sei o que queres dizer. Não, não te vai tornar maior – sorriu. – A propósito, um pedaço desse tamanho...

Junto à margem estava o barco à vela do Tio Aberto a baloiçar suavemente, preso pelas amarras. O Sol punha-se.

– Não é bonita a forma como a luz se reflecte na água desta maneira? – observou Gedanken.

O Tio assentiu. – Sim. Ainda bem que viemos. Não faz nada bem estar sempre a trabalhar.

– Não chamaria àquilo que o Tio faz "trabalhar"– riu-se ela.
– Claro que é trabalhar.
– Divertir-se a descobrir o que compõe as coisas e *receber dinheiro* por isso? – desdenhou ela.
O Tio Alberto sorriu. – Não é tão fácil como pensas. Para começar, tem de se saber quais as perguntas que se deve fazer.
– Bem, isso não é difícil.
– Ai não? Então que tal sugerires uma pergunta?
– Uma pergunta?
Ele acenou-lhe que sim com a cabeça.
– Está bem. – Gedanken olhou em volta. – Ora bem... Vamos lá a ver... Já sabemos de que se compõe a matéria: de *quarks* e de electrões. Portanto, que tal... Sim, e a luz? A luz que vem do Sol. Será que também se compõe de pequeninas partículas?
– Muito bem. É uma boa pergunta científica. O único problema é que já temos a resposta para essa pergunta. A luz compõe-se de ondas.
– De ondas?
– Sim. De pontos altos e de pontos baixos contorcidos, iguais às ondas daquela água acolá.
– Oh.
Gedanken recordava-se vagamente de ter ouvido isso antes em algum sítio. Pensou no assunto durante alguns momentos e depois perguntou – Mas como é que *sabe* isso? Como é que sabe que são ondas?
– Oh, isso não é difícil – respondeu o Tio Alberto. – Há muitas formas... Difracção.
– O que é isso?
– Bem, é o que se obtém quando as ondas passam através de um orifício numa barreira de qualquer género. Depois de

se espremerem para passar através da barreira, espalham-se do outro lado. Na verdade, se pensarmos bem nisso, é o que está a acontecer ali. – Apontou para a entrada do porto. – Olha bem. Consegues ver as ondas do mar que atravessam aquela abertura?

Claro que sim. As ondas que vinham do mar passavam através da abertura no paredão do porto e depois espalhavam-se, fazendo movimentar ligeiramente os barcos ancorados.

– Aquilo não acontece quando há partículas, uma corrente de partículas, como se usasses uma daquelas pistolas de tinta para pintar as casas. Se apontares uma pistola de tinta para um orifício num pedaço de cartão, as pequeninas gotículas de tinta passam em linha recta. Atingem a parede do outro lado e formam uma linha bem nítida. E a linha terá exactamente o mesmo tamanho que o orifício do cartão. Mas as ondas não. As ondas espalham-se por todo o lado depois de terem atravessado a barreira. É a isso que se chama "difracção".

Gedanken parecia muito admirada.

– Mas isso só prova que está errado – declarou. – O que isso demonstra é que a luz é composta por partículas.

– Não, não demonstra.

– Ai isso é que demonstra. Ora veja.

Gedanken levantou-se e aproximou-se da parede do chalé. Levantou as mãos para que elas formassem uma sombra. O Tio Alberto riu-se enquanto Gedanken tentava fazer a sombra da cabeça de um coelho.

– Parece que queres fazer o Coelho Branco – disse ele.

Ela sorriu. – Na verdade é parecido com ele – concordou ela. – Mas não é isso que importa. Olhe bem para o olho deste coelho. É composto pela luz que atravessou a abertura dos meus dedos, não é? Mas não se espalha; é uma figura muito nítida, o género de figura que teria se usasse uma pistola de pintar.

– Hã hã. Tens alguma razão – disse ele. – Esqueci-me de mencionar o tamanho do orifício. O tamanho é importante. Se quiseres obter a difracção, o orifício tem de ser pequeno. Quanto mais pequeno for o orifício, maior é a difracção. O orifício que fizeste é demasiado grande. A luz não se espalha muito com um orifício como esse.

Gedanken não estava muito convencida. Apertou ainda mais os dedos, para os juntar mais.

– Ora vê – disse ela. – Tornei o orifício ainda mais pequeno. E veja só: o olho do coelho fica mais pequeno. Não fica mais espalhado; fica *mais pequeno*. Foi isto que disse que se conseguia obter com as *partículas*.

– Não, não. O que eu queria dizer era que a abertura tinha de ser tão pequena quanto o comprimento de onda das ondas.

– Comprimento de onda? – perguntou Gedanken, parecendo ainda mais confusa.

– A distância entre os pontos altos ou entre os pontos baixos. Uma onda tem pontos altos e pontos baixos, não é? O comprimento de onda é a distância entre um ponto alto e o seguinte, ou entre um ponto baixo e o seguinte. Julgava que já tínhamos falado acerca disto anteriormente, há muito tempo. Seja como for, não importa, ora olha bem. Estás a ver as ondas acolá na água? A distância entre os pontos altos é aproximadamente do mesmo tamanho que a abertura entre os paredões do porto. É deste modo que se obtém a difracção.

– Desisto – anunciou Gedanken, e veio sentar-se novamente.

– O problema é que o comprimento de onda da luz é muito, muito pequeno, por isso é necessária uma abertura muito, muito pequena – explicou o Tio Alberto. – E isso também significa que se pode obter o mesmo resultado com uma fonte de luz muito poderosa, de tal modo que produza

luz suficiente para atravessar o orifício e para se poder ver. O que, como é evidente, não temos... Pelo menos aqui. Necessitaríamos do tipo de fonte de luz que existe num laboratório.
Os olhos dele brilharam um pouco mais.
— Que achas? Vamos tentar? — disse ele, olhando para cima da sua própria cabeça.
— A bolha? Acha... sabe... Acha que ainda está tudo bem, depois da última vez?
— Só há uma maneira de descobrirmos.
— Então está bem. Mas atenção — acrescentou Gedanken alarmada. — Espere um instante. Não vou se for outra vez para aquele disparate do País das Maravilhas.
Mas não serviu de nada. Antes de se aperceber, Gedanken estava de volta ao Salão de Baile Real, ou seria o Laboratório Real desta vez?
— Bem, pelo menos não me deixou cair pelo poço para me magoar novamente no rabo — pensou ela.
Olhou em volta. Que confusão! O tecto em tons dourados e os candelabros tinham desaparecido. No seu lugar havia uma folha de plástico temporária para evitar que chovesse no interior do salão. E sentia-se uma forte corrente de ar proveniente de uma janela partida e tapada com tábuas.
A princípio Gedanken pensou que estava sozinha. Mas depois...
— Ai minha rica pele, o que vai ser de mim?
Gedanken ouviu a voz do Coelho Branco a ecoar no corredor que ia até ao poço.
O Coelho entrou de rompante no salão com um monte de papéis na mão. Sem reparar em Gedanken, foi até junto da mesa. Em cima da mesa estava uma comprida caixa metálica. O Coelho pousou os papéis e começou a examinar a caixa.

– Oh, minha rica cauda e meus belos bigodes, "PERIGO"! Tem escrito "PERIGO"! O que vou fazer?
– Desculpa. Posso ajudar-te? – perguntou Gedanken.
– O QUÊ! – O Coelho virou-se para trás, completamente surpreendido. Olhou aterrorizado para Gedanken e recuou, encostando-se bem à parede.
– Não, não. Por favor, fica aí onde estás. Exactamente onde estás. Este sítio não é suficientemente grande para gigantes.
Acenou na direcção da porta que dava para o pátio onde tinham estado os camiões.
– Lá fora, sim. Porque não vais lá para fora? Lá fora podes ser tão grande quanto quiseres. De qualquer tamanho. Lá fora é permitido. Há muitos gigantes lá fora.
Gedanken sorriu. – Está bem, está bem. Fico deste tamanho. Prometo. Hoje não como nenhum bolo.
– Bolo? – respondeu de forma débil o Coelho, sem perceber evidentemente o que Gedanken queria dizer.
– Oh, não te preocupes. Não ias perceber – disse ela. Foi até junto da mesa. – Então? O que temos aqui?
Enchendo-se de coragem, o Coelho foi até junto de Gedanken.
– Em que estás a trabalhar neste momento? – perguntou ela.
– Na luz – respondeu ele.
– Na luz? – repetiu Gedanken algo surpreendida.
– Sim, agora a Rainha quer saber de que se compõe a luz.
– Que estranho. Foi isso que *eu* vim descobrir. O Tio Alberto diz que a luz é composta por ondas, mas eu acho que ele não tem razão.
– Oh. Como é que será que podemos descobrir? – perguntou o Coelho.

– Para começar, necessitamos de uma fonte de luz extremamente forte. Achas que é isto?

Num dos lados da caixa estava inscrito o seguinte aviso:

LASER

PERIGO, PODEROSA FONTE DE LUZ
Não olhe directamente para o feixe;
pode causar danos nos olhos.

Na parte de trás da caixa existia um interruptor e um segundo aviso:

LIGA-ME

Gedanken e o Coelho olharam um para o outro sem saberem muito bem o que fazer.
Finalmente, Gedanken encolheu os ombros e disse – Bem, acho que é melhor ligares isso.
As patas do Coelho tremiam.
– Mas isso... é perigoso – gemeu ele, algo nervoso.
– Huumm. E consideras-te tu um cientista!
– Cientista-c*hefe* – insistiu ele, esticando-se todo, mas nem assim parecendo muito alto.
– O que ainda é pior – declarou Gedanken.
Os bigodes do Coelho estremeceram de indignação.
– Os cientistas-chefe não ligam as coisas. É para isso que existem os técnicos. Liga-o *tu* – ordenou ele, mas estragou tudo ao acrescentar timidamente – *por favor*.
– Oh, está bem – concordou Gedanken. Carregou no interruptor e do outro lado da caixa surgiu imediatamente um forte raio de luz. A luz atravessava o salão e formava um ponto vermelho muito brilhante na parede.
– Certo. E agora... – murmurou Gedanken. – Do que

precisamos é de uma barreira de algum género, com um pequeno orifício... Ah!

Gedanken vira algo em cima da mesa. Era um suporte metálico com o que parecia ser duas lâminas de barbear. As lâminas tinham os gumes virados um para o outro, deixando entre si uma abertura comprida e estreita. Ao lado do suporte havia um botão. Debaixo do botão podia ler-se num aviso:

RODA-ME

Gedanken tentou rodá-lo. A princípio julgou que não acontecia nada. Mas foi então que notou que as lâminas se aproximavam muito, muito lentamente, uma da outra. A abertura entre ambas as lâminas diminuía.

– Deve ser através deste orifício que temos de fazer passar a luz – disse ela ao Coelho.

Juntos, colocaram o suporte de tal modo que a luz do laser atingia as lâminas. A luz que conseguia passar por entre a abertura continuava a dirigir-se para a parede tal como anteriormente.

– Tudo bem – disse Gedanken. – Acho que já estamos prontos para fazer a experiência.

– Eu tomo nota, se quiseres – disse ansiosamente o Coelho.

– Seria muito bom. Obrigado.

– De nada – disse ele, pegando na caneta e no bloco de notas.

– Talvez fosse melhor se pudesses colocar-te ao lado do ponto de luz na parede – sugeriu Gedanken. – Eu fico aqui para diminuir gradualmente a abertura e tu poderás dizer-me o que acontece no ponto de luz. Se está a ficar maior ou mais pequeno... esse género de coisas.

– Está bem – disse o Coelho, pegando nas suas coisas e dirigindo-se para a parede. – Quando quiseres, estou pronto – disse ele.
– Muito bem. Aqui vamos nós. Abertura mais pequena... Cuidadosamente, Gedanken começou a rodar o botão. – Está a acontecer alguma coisa?
– Ainda não – foi a resposta. – Ah, sim. Sim. O ponto está a ficar mais pequeno.
– Mais pequeno?
– Sim. Definitivamente mais pequeno – gritou o Coelho.
– O que tinha eu dito? – murmurou Gedanken para si própria. – Eu disse-lhe, mas ele não me ligou nenhuma.
– Aaahh... tchim! – espirrou o Coelho.
– Santinho – disse Gedanken enquanto continuava a rodar o botão.
– Está a ficar cada vez mais pequeno – gritou o Coelho.
– É o que eu disse. A luz compõe-se de partículas, semelhantes àqueles electrões e *quarks* cheios de pontos.
– Ei... Espera – gritou o Coelho. – O que estás a fazer agora?
– Que queres dizer?
– Bem, o ponto está a ficar maior. Começaste a rodar o botão ao contrário, para tornares a abertura maior? – perguntou o Coelho.
– Não.
– Bem, é engraçado. O ponto está definitivamente a ficar maior.
– *Maior!* – exclamou Gedanken. – Mas não pode ser.
Gedanken olhou atentamente para a abertura. Sim. Estava tal como ela pensava: a abertura começava a ficar cada vez mais estreita.
– Aaaaahhh... tchiim! – O Coelho limpou o nariz com a parte de trás da pata. – Bem, anda cá ver – chamou.

Gedanken foi até junto do Coelho. Ele tinha razão. O ponto era bastante grande. Os dois passaram alguns minutos a rodar o botão, um de cada vez, e a observar o ponto. Abriram mais a abertura; fecharam-na mais... abriram-na mais... fecharam-na mais. Por fim, Gedanken acabou por admitir que o Tio Alberto estava certo. Assim que a abertura atingia um certo tamanho reduzido, que ela julgou ser o tamanho do comprimento de onda da luz, o ponto na parede parava de ficar mais pequeno. A partir daí, tornava-se cada vez maior à medida que a luz se espalhava em todas as direcções. E tudo por causa da difracção.

– Então é isso mesmo – anunciou Gedanken ao Coelho.

– De que se compõe a luz? De ondas.

– Aaaaaaahhhh... tchiiim! – espirrou o Coelho.

– Parece-me que apanhaste uma grande constipação – disse Gedanken. – Toma. É melhor usares isto. – E emprestou-lhe um lenço. O Coelho aceitou-o muito agradecido.

– És muito simpática – disse ele olhando para ela. – Já não vão cortar-me a cabeça, pois não? Agora que já sei de que se compõe a luz. Não ia gostar nada disso... Ter a cabeça cortada... Mas ainda me sinto muito confuso.

5
Clarões de disparos

– Aaaahhh... tchiim! – Aaaahhh... tchiim!
– Não achas que devias ir para a cama? – disse Gedanken.
O Coelho assoou o nariz com o lenço. – Daqui a pouco. Só quero acabar de tomar estas notas, antes que me esqueça.
O Coelho procurava fazer uma descrição do ponto de luz na parede, da forma como era mais brilhante no centro e de como gradualmente perdia brilho junto às margens.
– Diz-me cá, porque espirras só quando estás aqui, mais perto da parede? – perguntou Gedanken.
– O que queres dizer?
– Bem, então não reparaste? Quando estávamos, um de cada vez, a mexer no botão e a ver o ponto, tu só espirravas junto à parede, nunca espirravas quando ias para junto da mesa.
– Não. Aaaahhh... tchiim. Não tinha reparado nisso.
– Mas olha que é verdade – disse Gedanken.
O Coelho franziu as sobrancelhas e foi até à beira da mesa. Esperou... esperou. E nada de espirros.
Voltou para junto de Gedanken, à beira do ponto de luz, e imediatamente a seguir – Aaaahhh... tchiim! – espirrou.
– Acho que tens razão. Não há dúvida que o meus bigodes estão a captar alguma coisa.
– Os teus bigodes?
– Sim. São muito sensíveis. Acolá estava tudo bem. Aqui,

eles... eles... Aaaahhh... Ttcchhiiimm. Aqui eles estremecem. Aqui, mesmo à beirinha do ponto de luz.

– Que estranho – murmurou Gedanken. – Quem me dera que pudéssemos ver um pouco mais de perto... Ver mesmo o que está a acontecer ali, no sítio onde está a luz. Na verdade, gostava que pudesses ver o que eu vi no outro dia quando fiquei muito pequenina... Todos aqueles electrões e *quarks* aos pontinhos. É uma coisa que deves saber se queres mesmo ser cientista. O problema é que já bebi tudo até à última gota.

Gedanken tirou a garrafa vazia do bolso das calças. E descobriu, muito surpreendida, que não estava nada vazia! Estava cheia!

– Oh, como é que *isto* aconteceu? – exclamou. – E *porquê*? Será que o Tio quer que eu fique mais pequenina outra vez? Porque será que ele quer que isso aconteça?

Foi então que se recordou. – É claro. A luz. Ele quer que eu veja novamente os electrões e os *quarks* com uma luz fixa e estável, em vez daquela terrível luz estroboscópica de discoteca. Desta forma vou ter uma melhor oportunidade de ver o que eles fazem... que caminho seguem. Será que os electrões andam em torno do núcleo, em órbita, como a Terra anda em volta do Sol, ou como a Lua anda em volta da Terra? Será que fazem esse tipo de coisas?

Gedanken explicou tudo isto ao Coelho Branco. Queria que ele também bebesse um bocadinho para que pudessem partir os dois em exploração, mas o Coelho não estava lá muito interessado.

– Para dizer a verdade, nunca quis ser realmente Cientista--chefe. Na escola nunca fui muito bom em ciências.

– Então porque te tornaste cientista? – perguntou Gedanken.

– Não o consegui evitar. A Rainha *ordenou-me*. Ficou toda entusiasmada com a ciência porque queria que todas as pessoas a considerassem moderna. Queria que todos achassem que ela estava *a par* das coisas. E não havia mais ninguém senão eu.

— Mais ninguém?

— Todos os outros tiveram as respectivas cabeças cortadas em alguma altura das suas vidas. Já não há muitos.

— Mas e se a Rainha descobrir que nunca viste sequer um *quark*? E, além disso,...

Alguns minutos mais tarde, Gedanken já conseguira persuadir o Coelho de que deveria juntar-se a ela. Por isso, cada um deles bebeu metade da garrafa.

À medida que diminuíam de tamanho, Gedanken disse — Dentro de instantes vamos poder ver o interior dos átomos e ver o seu núcleo central. Toda aquela nebulosidade vai desaparecer e em seu lugar vamos ver... Oh, NÃO! Quem é que fez AQUILO?

A luz começara a piscar!

— Não me digas que a Rainha voltou para *mais uma* sessão de discoteca.

— O quê? — disse o Coelho. — Uma discoteca? Não há nenhuma discoteca. Hoje o Rei e a Rainha de Copas estão no tribunal. Estão a assistir a uma audiência de apelo do Valete de Copas contra o facto de ter sido incorrectamente preso por roubar as tartes da Rainha. Hoje não há baile.

— Então porque é que alguém ligou a luz estroboscópica? — perguntou Gedanken.

— Luz estroboscópica? O que é isso?

— Então não sabes? Aqueles clarões de luz que são usados para tornar os bailes mais interessantes.

O Coelho abanou a cabeça. — Não faço ideia do que estás a falar — disse ele. — Não temos clarões de luz.

— Claro que têm. Ainda outro dia, tinham uma luz estroboscópica especial a piscar para o baile.

— Não, não tínhamos — replicou o Coelho, aparentemente confuso. — Sabes muito bem quais eram as luzes que tínhamos acesas, eram os candelabros. Naquela altura tínhamos candelabros, lembras-te? Candelabros muito *caros* — acrescentou ele com um ar de entendido. Gedanken não sabia o que pensar. O Coelho parecia dizer a verdade. Nesse caso, ela errara ao pensar que o efeito do clarão se ficara a dever a uma luz estroboscópica. Só se fosse porque quando se olha para a luz estável de um candelabro, bem de perto, ela afinal não é nada estável. Só se, na verdade, a luz fosse composta por clarões. Muitos clarões a acontecerem muito rapidamente, fazendo com que a luz *pareça* estável. E não só a luz dos candelabros; esta luz aqui do laser comportava-se exactamente da mesma forma. Talvez aconteça o mesmo com *todas* as fontes de luz. Talvez todas transmitam a luz num grande conjunto de curtos clarões. Que estranho.

Gedanken estava desapontada por não conseguir ver melhor como se compunham os electrões e os *quarks*, mas estava certa de que o Tio Alberto ficaria muito interessado quando ela voltasse e lhe contasse esta última descoberta.

Entretanto, o Coelho fazia perguntas acercas dos átomos. Gedanken apontou para o núcleo e indicou como ele era composto por nucleões, e como os próprios nucleões se compunham de *quarks*. Além disso, havia os electrões a zumbir na parte exterior.

— Então, se o átomo é composto por todos estes pedacinhos, isso significa que *pode* ser cortado, em todos aqueles pedacinhos? — perguntou o Coelho.

— Não sei — respondeu Gedanken. — Julgo que sim. De facto, sim, pode. O Tio Alberto disse-me qualquer coisa acerca dos electrões se afastarem dos átomos para gerarem correntes eléctricas nos fios.

– Oh. Que embaraçoso – murmurou o Coelho.
– O quê?
– Bem, nós chamávamos-lhe "átomo", "algo que não pode ser cortado". E afinal *pode*!
– Oh, não deixes que isso te preocupe. Todos cometemos erros. É o que o Tio diz. Apesar de, e agora que penso bem nisso, ele não cometer muitos erros. Agradece apenas às estrelinhas por teres descoberto isso antes da Rainha.
O Coelho acenou que sim, tão vigorosamente que a cabeça quase lhe *caía*...
– Aaaahhh... tchiim! – espirrou. – Ei! Viste isto? – perguntou.
– Vi o quê?
– Aquele electrão. Voou da parede e atingiu o meu bigode. Foi aquilo que me fez espirrar.
– A sério?
– Sim. Pelo menos... *Penso* que foi isso que aconteceu. É um pouco difícil de dizer, com todos estes clarões de luz. Mas aquele ponto vinha de certeza na minha direcção. A cada clarão estava mais próximo. Foi ele que atingiu o meu bigode. Disse-te que os meus bigodes eram muito sensíveis.
– Mas porque faria isso...?
– Cuidado! – gritou o Coelho.
Atiraram-se para o chão no momento em que um electrão passou a toda a velocidade por cima das cabeças de ambos.
– Era outro – anunciou o Coelho.
– Sim, eu vi-o! – exclamou Gedanken. – Passou que nem um foguete. Como é que...?
Enquanto olhavam para a parede, viram que dali saíam disparados mais electrões. Nem sempre; só de vez em quando. E eram sempre provenientes daquela parte da parede sobre a qual incidia a luz do laser.
– Parecem balas – disse Gedanken admirada. – É uma loucura.

Clarões de disparos

– Ai, ai – murmurou o Coelho Branco com um ar infeliz.
– O que *está* a acontecer? Porque estão a fazer aquilo? Não compreendo.
Gedanken encolheu os ombros. – Deve ser a luz que os atira dali para fora. Eles saem da parte onde incide a luz na parede. E a maioria deles vem do centro do ponto, no sítio onde a luz é mais brilhante.
– Mas não compreendo. Pensava que tinhas dito que eram ondas. Porque é que não são lançados em ondas *todos* os electrões? Porque é que só alguns deles fazem isso e os outros não?
– Não sei – respondeu Gedanken, baixando-se para escapar a outro electrão. – Não consigo compreender absolutamente nada disto.
– Não consegues compreender nada... Oh, não! – gritou o Coelho, agarrando-se à cabeça. – A Rainha...
Desatou a chorar. Gedanken pôs-lhe o braço por cima dos ombros.
– Vá lá, não te preocupes – disse ela, tentando confortá-lo.
– Já *sabia* que a ciência era horrível – choramingou. – Assim que ela descobrir isto...
– Tenho a certeza de que não vais ter de preocupar com nada, a sério.
– Ai não? Então o que *está* a acontecer? Não compreendo. Como é que a luz pode ser uma onda e ao mesmo tempo uma partícula parecida com uma bala? Não faz sentido. É tudo uma grande, grande confusão.
– Bem – disse Gedanken, algo insegura. – Para dizer a verdade, não sei...
O Coelho emitiu mais alguns gemidos de desespero.
– ... mas conheço uma pessoa que *talvez* saiba.
O Coelho olhou para cima e assoou o nariz. Sentiu-se um pouco mais animado. – Conheces?

Gedanken acenou que sim. – O Tio Alberto. Tenho a certeza de que ele consegue descobrir a solução para isto. Vou perguntar-lhe.
– E voltas para me contar o que ele te explicar, não voltas? – perguntou, ansioso, o Coelho.
Durante alguns momentos Gedanken hesitou. Mais uma viagem para este disparatado País das Maravilhas?
– POR FAVOR – implorou o Coelho.
Gedanken não conseguiu dizer que não. Por isso, acenou-lhe que sim.
– Oh, muito, muito, muito obrigado – gritou o Coelho, dando um grande abraço a Gedanken.
Mas não durou muito tempo. O Coelho descobriu que os seus braços começavam a passar através do corpo de Gedanken! Ficou sozinho a abraçar-se a si próprio! Tentou esticar-se para chegar junto dela, mas não servia de nada.
– O que... O que te está a acontecer? Estás a desaparecer...
– Parece que estou a ser transportada de volta – respondeu Gedanken.
– Pelos meus bigodes.... Aaaahhh... tchiim!

-... Então, o que acha *disto*? – Gedanken acabara de contar o que se tinha passado. – Tenho a impressão de que é uma grande confusão.
O Tio Alberto coçou a cabeça e sorriu. – Tens razão. É extraordinário. Ninguém vai acreditar nisto.
– Mas o *Tio* acredita em mim, não acredita? – perguntou ela.
– É claro que sim. Mas não posso responder pelas outras pessoas. Tens de perceber que a ideia de que a luz é composta por ondas é algo de que ninguém duvidou durante muitos e muitos anos.

— Por causa da difracção?
— Por causa disso e de outras coisas. É a única forma de explicar como é que a luz muda de direcção quando passa através do vidro ou da água. E, além disso, os óculos de sol polaróide...
— Iguais àqueles que me deu no Natal. Tenho andado muito com eles nos últimos tempos. O Jeremy diz que me dão um certo ar.
O Tio Alberto franziu as sobrancelhas. — Já não andas com esse Jeremy, pois não?
Gedanken corou. — Mais ou menos.
— Bem — continuou o Tio Alberto — aqueles óculos polaróide não conseguiriam funcionar se a luz não se comportasse como uma onda.
— Mas então? E as partículas? — perguntou Gedanken, impaciente.
O Tio Alberto levantou-se e foi até à janela virada para o mar. Olhou fixamente para as ondas que continuavam a passar através da entrada do porto.
— Parece-me que se quisermos saber para onde vai a luz, como é que ela viaja de um local para outro, através de orifícios, de lentes, da água ou do Polaroid, temos de a encarar como se fosse uma onda. Mas o que ninguém perguntou antes foi: assim que a luz chega ao ponto para onde se dirige, como é que se comporta nessa altura; como é que perde a sua energia?
Virou-se para Gedanken.
— E o que tu descobriste foi que a luz não perde a sua energia como uma onda. De repente passa a ser uma corrente de pequeninos grãos, semelhantes a disparos, que atira alguns electrões para fora com muita energia, deixando os restantes no sítio onde se encontram.
— E era isso que dava o efeito dos clarões de luz que eu via?

– Sim, era. Os clarões de luz que vias eram as partículas de luz a atingir alguma coisa.
Gedanken parecia pouco à vontade. – Huhumm... Peço desculpa – murmurou ela.
– Desculpa porquê?
– Por lhe ter dito da última vez que era uma luz estroboscópica, quando afinal não era.
– Bem, como é que podias saber?
– Será que *todas* as luzes se comportam desta maneira? – perguntou ela.
– Acho que sim. Sempre que iluminam qualquer coisa o que transmitem é uma série de clarões, grãozinhos de luz... Olhou em volta, para toda a sala.
– O que quer Tio?
– O jornal. Sabes onde está? Será que ainda está na cozinha?
– Para que quer o jornal? – perguntou Gedanken, enquanto o ia buscar.
– Olha – disse ele, quando ela regressou. – Olha para uma fotografia.
– Para qual?
– Não importa. Para qualquer uma. Olha com atenção. Consegues ver que a fotografia é composta por pontos, por pequenos pontos negros? Eu não consigo ver sem os óculos...
– Sim, já sabia disso – disse Gedanken.
– Já sabias?
– É claro que sim. É deste modo que eles imprimem as fotografias. Quanto mais pontos negros tiverem as fotografias mais escura é a imagem... – Fez uma pausa. – Ah. Já percebi onde quer chegar. Quer dizer que é *sempre* assim... Em tudo, e não apenas nas fotografias de jornal. Tudo é composto por pontos.

Clarões de disparos

– Exactamente. À distância, quando olhas para mim, parece que a luz se reflecte em mim de uma maneira uniforme. Mas não é verdade. Se olhares muito, muito atentamente, como olhaste para os átomos no País das Maravilhas, poderás ver uma série de clarões de luz, muitos pontos de luz, brilhantes neste caso e não escuros como na fotografia.

– E no sítio onde a luz é mais brilhante, como no seu nariz radioso – riu-se Gedanken – é onde os pontos se acumulam mais juntinho uns dos outros?

O Tio Alberto olhou para ela, mas não respondeu. Sentaram-se mais uma vez. Após algum tempo, Gedanken franziu as sobrancelhas.

– Tio – disse ela.

– Sim?

– Não compreendo como é que uma coisa pode ser uma partícula *e* uma onda.

Durante muito tempo o Tio Alberto manteve-se silencioso. Depois suspirou – Já somos dois... Três, se contares com o Coelho Branco.

– O Tio... O Tio também não consegue compreender? – perguntou Gedanken surpreendida.

Ele abanou a cabeça. – Tanto quanto consigo aperceber--me, não faz qualquer sentido.

– Tchchhiii! E eu que pensava que estava a ser burra ou qualquer coisa assim.

– Não, não. Não estás a ser nada burra – assegurou-lhe ele. – Temos aqui uma coisa muita misteriosa.

Olhou para ela e sorriu ironicamente. – Não, temos de ver isto muito bem, Gedanken. É a única coisa que podemos fazer neste momento: ver isto muito bem e esperar que surja alguma outra coisa. Não te preocupes. Tenho a certeza de que vamos conseguir resolver isto.

6
Fazem todos o mesmo!

– Está alguém em casa? – perguntou Gedanken, enquanto entrava pela porta da cozinha nas traseiras da casa. – Ei, Tio?

Atirou com a sacola da escola para o chão e deixou-se cair na cadeira à frente dele, com os pés no ar.

O Tio Alberto pôs de lado a carta que estava a ler e olhou para ela, da cabeça aos pés.

– O que *te fizeram*?
– O que quer dizer com isso? – perguntou ela, olhando para si própria.
– Bem, todas as manhãs vejo os miúdos irem para escola, todos bem arranjados. Depois de algumas horas na escola... à tarde... Bem... – acenou-lhe com a mão. – Olha só para ti. Parece que foste arrancada do meio de um arbusto.

Gedanken sorriu e enfiou a blusa nas calças.

– Estive no computador esta tarde, mas é claro que o Tio não quer saber nada *disso* – acrescentou ironicamente.

– Sei o suficiente acerca de computadores para saber que eles não *despem* as pessoas, e também que não sujam as mãos dessa maneira.

Gedanken olhou para o que restava da refeição que o Tio Alberto acabara de comer.

– Vai comer esse bocadinho? – perguntou ela, apontando para a última fatia de bolo.

– Só podes comer se fores primeiro lavar as mãos e se

tomares o lanche como deve ser quando regressares a casa. Sabes tão bem como eu que a tua mãe...
— Já sei, já sei — respondeu ela, dirigindo-se à banca da cozinha para lavar as mãos.
— Tens um pouco de chá no bule, se quiseres. É provável que ainda esteja quente — disse ele.
— O Tio não quer? — perguntou ela.
— Não, obrigado. Já acabei.
— Não tem sabonete?
— Usa antes o líquido da louça.
— Para *as mãos*? — exclamou Gedanken.
Mas o Tio Alberto já retomara a leitura da carta.
Gedanken regressou à mesa e começou a comer o bolo.
— Na escola contei-lhes acerca do nosso fim-de-semana. Ficaram todos invejosos. Quero dizer, quanto ao barco. Não lhes contei... percebe... acerca do País das Maravilhas. Também não podia, pois não? Se calhar começavam todos a chamar-me "Alice" e... coisas dessas...
O Tio Alberto não a ouvia.
— De quem é a carta? — perguntou ela, olhando para a carta.
— Do Max — murmurou ele, ainda sem levantar os olhos.
— Max quê?
— Oh, nada... ninguém. Um amigo. Um cientista. Quando regressámos contei-lhe acerca das nossas aventuras com a energia. Contei-lhe o que tu descobriste. Ele não acredita numa só palavra.
— Ele QUÊ? — gritou Gedanken indignada.
— Parece que não acredita. "Passaste das marcas com esta tua especulação", é o que ele diz aqui.
— Ora essa! Sei muito bem aquilo que vi... Sim, sim, não querem lá ver? Mande-o descobrir tudo sozinho. Ele que vá lá. Mande-o na bolha pensadora e então ele já poderá ver...

– Não posso.
– Porque não?
– Porque tem de se *acreditar* na bolha pensadora antes de se poder ir.
– Oh – disse Gedanken. Parecia pensativa. E então disse – Tio. A bolha pensadora. Será que *qualquer pessoa* pode fazer uma bolha pensadora?
– É claro que sim. É necessário pensar com muita força. É necessária muita concentração.
– Será que *eu* podia fazer uma?
– Porque não? Tenta.
– Como?
– Não é preciso nada de especial. Vais para o teu quarto... Tem que estar tudo muito calmo... E fechas a porta. (Não é necessário assustares os teus pais). Sentas-te em frente a um espelho, para poderes olhar para o espelho e veres o espaço que se forma por cima da tua cabeça. Nessa altura fechas os olhos e pensas. Tens de pensar com mais força do que já alguma vez pensaste em toda a tua vida. Depois abres os olhos rapidamente e, com um pouco de sorte, lá vai estar ela no espelho.
– A sério?
– É claro que sim. A propósito, tens de ser rápida. Da primeira vez que se tenta fazer isto no momento em que se abrem os olhos quebra-se a concentração. A bolha pensadora desfaz-se... e desaparece.

Tendo dito isto, o Tio Alberto virou-se novamente para as suas cartas. Gedanken ficou a pensar, como muitas vezes acontecia quando estava com o Tio Alberto, se ele estava a falar a sério ou apenas a brincar com ela.

– Bem, de qualquer modo, pode dizer a esse seu amigo Max que ele é um INÚTIL – disse ela.
– Não digo nada – respondeu ele. – Ele é um excelente

cientista. Ganhou o Prémio Nobel da Física. É que... Bem, ele acha que isto tudo é um pouco... Aliás, como todos nós.
A propósito – murmurou, pegando numa segunda carta – se o Louis tiver razão *nisto*...
– E quem é esse? – perguntou Gedanken.
– Oh, uma outra pessoa a quem também escrevi.
– *Ele* acredita em nós?
– Sim, sim.
– Ainda bem para... quem era? Louis... foi isso que disse?
O Tio Alberto olhou para o relógio, depois olhou fixamente para Gedanken.
– A que horas é que tens de estar em casa para o lanche? – perguntou ele.
Gedanken encolheu os ombros. – À hora do costume. Porquê?
– Será que há alguma hipótese de fazeres uma viagem até ao... tu sabes... Só uma curta viagem?
Gedanken fez uma careta. Mas disse – Na realidade, prometi ao Coelho Branco que haveria de regressar. Deixei-o num rico estado. Se calhar não era nada má ideia ir até lá. Está bem. O que quer fazer Tio?
– Quero que observes com muita atenção os electrões.
– Já fiz isso. São partículas. Pequenas partículas com pontos.
– Sim, sim, já sei. Mas se o Louis tiver razão... – disse ele, lendo novamente a carta. – Não sei... Pode ser que valha a pena dar uma vista de olhos mais atenta.
– Está bem. Faço como o Tio entender. Leve-me até lá, mas não me deixe lá por muito tempo.
Gedanken esperava voltar ao Laboratório Real. Mas não. Parecia ter passado directamente da cozinha do Tio Alberto para uma outra cozinha. O Coelho Branco estava muito ocupado junto à banca da cozinha.

– Olá – disse ela. – Voltei.
O Coelho deu um salto.
– Será que não podes parar de fazer isso? – gritou. – Já basta o Gato.
– Que queres dizer?
– Apareceres assim de repente e depois desapareceres no ar.
Gedanken recordava-se vagamente do Gato em *Alice*. Tanto quanto se conseguia lembrar, o Gato tinha o hábito de aparecer e desaparecer, deixando ficar apenas o sorriso.
– Pensava que ias ficar muito contente por me ver – disse ela. – Até querias que eu regressasse. Não que tenha muito para te dizer. Tudo isto das ondas e das partículas parece ter criado uma grande confusão... Até mesmo para a cabeça do Tio Alberto.
Gedanken aproximou-se do Coelho junto à banca.
– Não pareces tão preocupado como da última vez. Ainda bem – acrescentou.
– Não, estou demasiado ocupado para estar preocupado – respondeu o Coelho.
– O que estás a fazer?
– Com um pouco de sorte em breve poderei dizer adeus a esta coisa da ciência.
– Hã!? E como é que vais fazer isso?
O Coelho olhou de maneira furtiva em redor para se certificar de que ninguém o ouvia, e sussurrou – O Gato. Se conseguir fazer aquilo que imaginei vou arranjar maneira de ele ser nomeado Cientista-chefe no meu lugar. Depois cabe--lhe a ele resolver esta confusão... Esta confusão acerca da luz. Já falei com ele. Ele parece bastante interessado.
– Huum. Estou a ver. E que vais fazer nessa altura? – perguntou Gedanken.
O Coelho sorriu, abanou a faca que tinha na mão e

apontou para a banca da cozinha. – Estou a fazer uma tarte, para a Rainha – disse ele com um brilhozinho nos olhos. – Gedanken parecia surpreendida. – Não estou a perceber. Porquê...?
– Porque ela não tem nenhuma. Foram roubadas, lembraste? Por isso, esperei pelo momento certo e disse à Rainha que sabia onde havia estas maravilhosas framboesas. Disse-lhe que podia preparar-lhe tartes maravilhosas. Então ela disse "Está bem, faz-me uma tarte e se ficar bem poderás passar a ser o Cozinheiro– chefe".
– Cozinheiro-chefe?
– Sim. Nesta altura ela anda tão ocupada com a ciência que nem sequer tem tempo para cozinhar. Ora vê lá se não era bom... Um destes dias passar a Cozinheiro-chefe! Ah... – suspirou o Coelho, com um ar feliz.
– E estas framboesas – perguntou Gedanken com algumas suspeitas. – Por acaso não são...
Ele acenou-lhe que sim. – Olha só – disse ele. – Framboesas nucleares de urânio, bem grandes e fresquinhas. Agora, se não te importas...
Enquanto Gedanken olhava, o Coelho retirou os electrões semelhantes a pontos com a faca e atirou os núcleos para dentro de uma forma de tarte. De tempos a tempos apanhava os electrões que retirava e atirava-os pelo cano da banca abaixo. Não era nada fácil, até porque os electrões saltavam de um lado para o outro.
Tudo isto divertiu Gedanken durante alguns momentos. Mas passados alguns instantes começou a pensar no que tinha de fazer.
– O Tio disse que queria que eu desse uma vista de olhos mais atenta aos electrões – pensou ela. – Mas não parecem nada diferentes daquilo que vi da última vez: parecem simplesmente um monte de pequeninos pontos a saltar de um lado para o outro.

Fazem todos o mesmo!

Gedanken acabou por se decidir a dar um passeio fora da cozinha. Como a porta da cozinha estava aberta o Sol entrava por ali dentro. Mas Gedanken ficou algo desapontada por descobrir que a porta dava para um pátio bastante sujo. Enquanto olhava em volta à procura de um portão que lhe permitisse sair do pátio: TCHHCHHHHH! Uma grande quantidade de electrões desceu a toda a velocidade, e com grande ruído, pelo cano da cozinha, e foi atirada para o chão do pátio, aterrando num monte algo desalinhado junto ao muro.

– Ora esta! – resmungou Gedanken. – Que porcaria! Devia haver um caixote do lixo ou outra coisa qualquer que servisse para os recolher quando saem do cano. Estão a espalhar-se por todo o lado. Seria bem melhor se a ponta do cano não fosse tão larga.

– Ou tão estreita – disse uma voz perto dela.

Surpreendida, Gedanken virou-se rapidamente. Sentado em cima do muro, perto dela, estava um gato.

– Oh – exclamou. – Pregaste-me um grande susto. Não te tinha visto aí em cima.

– Talvez porque eu *não estava* aqui... há bocado – disse o Gato com um sorriso. – De qualquer modo, tal como te dizia, tenta tornar um pouco mais largo o orifício de saída do tubo.

– Queres antes dizer *mais estreito* – corrigiu Gedanken.

Foi até junto da ponta do tubo e ajoelhou-se. O tubo era flexível, por isso Gedanken pegou-lhe com as duas mãos e apertou-o de ambos os lados.

Ao longo do cano ouvia-se descer um novo conjunto de electrões. Para enorme surpresa de Gedanken, os electrões espalharam-se ainda mais do que anteriormente! Gedanken não conseguia acreditar. Quanto mais apertava a abertura, mais se espalhavam os electrões!

77

– Eu disse-te – afirmou o Gato presunçosamente. – Agora talvez possas fazer aquilo que sugeri. Tenta tornar a abertura... MAIS LARGA.
– Mas – protestou Gedanken – isso é estupidez! Quero que o jacto de electrões seja *mais estreito*, para que eles possam formar um monte *mais pequeno* acolá. Para isso tenho de *apertar* o orifício de saída.
Sentou-se a olhar algo zangada para a porcaria que tinha feito.
– Oh, está bem – disse ela finalmente. – Vou fazer como tu dizes, só para te demonstrar que não tens razão.
Abriu mais o orifício, tal como o Gato sugerira. O jacto de electrões ficou mais estreito! Agora aterravam todos num monte que não era maior do que a abertura do cano. Que loucura! Gedanken tentou abrir ainda mais a abertura. Agora o monte de electrões começava a ficar maior, que era o que ela esperava que acontecesse.

Tentou novamente; mas desta vez na ordem contrária, começando com o orifício completamente aberto. À medida que o fechava cada vez mais, o monte junto ao muro ficava cada vez mais pequeno... Como seria de esperar. Mas quando o orifício atingia um certo tamanho, quanto mais se fechava a abertura *maior* ficava o jacto. A partir dessa altura, os electrões espalhavam-se cada vez mais.
Gedanken olhou desconfiada para o Gato.
– Tu já *sabias* que isto ia acontecer, não sabias?
Mas o Gato não respondeu. Apenas sorriu.
Foi então que ela se recordou.
– DIFRACÇÃO! – exclamou. – É isso, não é? – perguntou ela ao Gato.
O Gato continuou sem dizer nada, mas o seu sorriso era ainda maior do que anteriormente.

Fazem todos o mesmo!

— É exactamente o mesmo que aconteceu ao raio laser. Quando a abertura entre as lâminas era grande e a tornávamos mais pequena, o ponto de luz na parede ficava mais pequeno... no início. Mas depois, quando a abertura ficou do tamanho do comprimento de onda, era diferente. Então, quanto mais pequena era a abertura, mais se espalhava o raio, por causa da difracção. E é isso que está a acontecer aqui. Foi então que ela franziu as sobrancelhas.

— Mas isso é uma estupidez! Aqui temos *electrões* e não luz. Os electrões são *partículas*. Sabemos isso muito bem. Os electrões não são ondas... Pois não? — perguntou ela ao Gato. Mas o Gato já não estava ali. Tão depressa quanto tinha aparecido, também tinha desaparecido.

Gedanken voltou a entrar na cozinha, algo confusa. O Coelho preparava a camada superior de massa para a tarte.

Subitamente, o Gato apareceu por cima do frigorífico. Num momento não estava ali; e no momento seguinte já lá estava.

— Como é que consegues fazer isso? — perguntou Gedanken.

— Saltar de um sítio para outro, sem passar por nada... é isso que queres saber? — respondeu o Gato. — É fácil. É assim que as coisas são por aqui. Aprendi a fazer isso com os electrões e com os *quarks*. — Piscou-lhe um olho com um ar zombeteiro.

— Com quem estás a falar? — perguntou o Coelho Branco, continuando a fazer o que estava a fazer. Como não obteve qualquer resposta olhou para cima.

— Já estava à espera disso — exclamou. — Já te disse antes, Gato: estás proibido de entrar na cozinha. Não é nada higiénico. Lá para fora!

O Gato olhou para Gedanken e revirou os olhos.

— Oh, que preocupadinho que ele é — suspirou.

– Já te disse... – insistiu o Coelho, erguendo o rolo da massa.
– Já sei, já sei. Ouvi muito bem. Já vou. Olha. Já estou a ir. Vês?
E lá foi... quase todo. Desapareceu lentamente, excepto o sorriso, que permaneceu no ar.
– Tenta atirar algumas framboesas pelo cano abaixo – disse, antes de também desaparecer.
Gedanken e o Coelho ficaram ambos a olhar um para o outro.
– Framboesas? – disse Gedanken. – Porquê...?
– Nem penses em tocar nas minhas framboesas – protestou o Coelho, pegando na forma da tarte e segurando-a bem. – São para a tarte da Rainha.
Gedanken aproximou-se para observar as framboesas. Pareciam framboesas nucleares perfeitamente normais. Mas será que o Gato sabia algo que ela não sabia?
– Será que não podíamos tirar apenas algumas...? – perguntou ela.
O Coelho abanou a cabeça.
– Ouve lá. O Gato pode ter descoberto alguma coisa – disse ela. – Se ele tiver efectivamente feito uma descoberta, poderás dizer à Rainha que foi tudo ideia dele, que foi ele que descobriu tudo. Desse modo, ela vai querer torná-lo Cientista– chefe, o que te deixará livre para...
Gedanken olhou em seu redor para toda a cozinha.
O Coelho hesitou. – De quantas framboesas é que precisas? – perguntou timidamente.
– Não muitas. Espera até eu voltar lá para fora e depois atira-as pelo cano abaixo.
Gedanken regressou ao pátio.
– Agora.
Ouviu-se o ruído... TCHHCCHHHHH! Os núcleos

saíram disparados pela extremidade do cano e aterraram num monte bem alinhado junto ao muro, mesmo com a abertura do cano bastante fechada.

– Huhum! Exactamente o que eu pensava – disse Gedanken para si própria. – O núcleo é uma partícula *a sério*, não é como as outras.

Estava prestes a regressar à cozinha quando viu novamente o sorriso irónico do Gato a flutuar um pouco acima do muro.

– Satisfeito? – perguntou ela.

– Como queiras – respondeu-lhe o sorriso. – E *tu*, estás satisfeita?

– O que queres dizer com isso?

Mas não recebeu resposta nenhuma.

– Se calhar é melhor ter a certeza *absoluta* – pensou ela.

– Não houve qualquer difracção desta vez e o orifício de saída era muito estreito. Mas acho que é melhor fechá-lo ainda mais.

Gritou através da porta – Atira mais algumas, por favor.

Ouviu-se gritos de protesto. Mas após algum tempo, com Gedanken a apertar bastante a ponta do cano para a tornar ainda mais pequena, ouviu-se outra vez o ruído das framboesas nucleares a descerem pelo cano e a espalharem-se pelo pátio... *Por todo o pátio!* DIFRACÇÃO!

Gedanken olhou muito surpreendida para os núcleos completamente espalhados junto ao muro. Não restavam quaisquer dúvidas.

– Fazem *todos* o mesmo – exclamou ela. – A luz, os electrões e agora os núcleos. São todos partículas... E ondas. É terrível! O mundo enlouqueceu completamente!

7
O mundo tortuoso dos *quanta*!

– Muito bem. Está pronto – disse o Tio Alberto, arrumando as últimas peças de louça no armário. – Excepto o *gubbuk*, como é evidente.
– O quê? – perguntou Gedanken.
– O *gubbuk* – repetiu ele, acenando com a toalha do lanche na direcção da banca da cozinha.
– Como?
O Tio Alberto veio até junto de Gedanken.
– Acabaste de lavar a louça, não foi?
Ela assentiu.
– Nesse caso deita fora a água.
– Já ia fazer isso – respondeu ela, inclinando a bacia. CLINC! E caiu uma colher de chá.
– Aí está – disse o Tio Alberto com um sorriso. – O *gubbuk*.
– Mas isto é uma *colher de chá* – insistiu ela.
– Desta vez é uma colher de chá – disse ele. – Mas não tem necessariamente de ser assim. Podia ser uma faca, um garfo ou qualquer outra coisa. O *gubbuk* é aquilo que fica no fundo da bacia quando se *pensa* que se acabou de lavar a louça, mas na verdade ainda não se acabou. Há *sempre* alguma coisa escondida no fundo da água suja. Só se descobre quando se deita a água fora. Não me digas que nunca tinhas reparado?
Gedanken olhou desconfiada para o Tio.
– Está a gozar comigo. Nunca ouvi a mãe dizer isso.
– Não me surpreende. Acabei de o inventar.

– O quê? Essa palavra? Acabou de a inventar?
Ele assentiu.
– Mas não pode fazer isso – protestou Gedanken. – Não é permitido. (Oh, meu Deus, começo a parecer o Coelho Branco). Mas, agora a sério, não pode andar por aí a *inventar* palavras dessa forma.
– Porque não? Alguém tem de o fazer. As palavras não *aparecem sozinhas*.
– Mas não faz sentido.
– É claro que faz sentido. Se vieres cá na próxima semana e estivermos a lavar a louça, e se eu te perguntar acerca do "*gubbuk*", já saberás exactamente do que estou a falar.
– Mas porque não dizer antes "colher de chá"? – perguntou Gedanken.
– Porque da próxima vez pode não ser uma colher de chá, sua tonta. Além disso, se te pedir uma colher, podias ir buscar alguma ao armário, e não é isso que eu quero. A colher de chá só é um *gubbuk* se for um... um *gubbuk*. Obviamente.
O Tio Alberto dobrou a toalha do lanche.
– Mas porque estamos a ter esta conversa? – resmungou. Então, fazendo-lhe sinal com a mão, o Tio Alberto continuou – Anda daí. Temos coisas muito mais importantes para conversar.
– Scrabble. Disse que podíamos jogar Scrabble – disse Gedanken, seguindo-o até ao gabinete.
– Ai disse?
– Sim, disse. Não tente escapar. Foi por muito pouco que me conseguiu ganhar da última vez... Só com batota. Desafio-o outra vez!
– Está bem – concordou ele, sentando-se na sua cadeira favorita. – Vai buscar o jogo.
Gedanken foi buscar o tabuleiro e a mesa de café. Depois colocou o tabuleiro em cima da mesa e sentou-se no tapete à beira da lareira, ficando de frente para o Tio Alberto.

Tinham começado a jogar há pouco tempo quando Gedanken disse, de uma forma algo tímida – Tio. Tenho de lhe contar uma coisa.
– Oh. O que é? – murmurou ele. – A propósito, esse "G" era uma letra que valia a triplicar. Tomaste nota?
– Sim, sim. Dezassete no total. Está bem?
– Estava só a verificar.
– Bem, se quiser ser o Tio a tomar nota da pontuação...
– Não, não. Confio em ti – disse ele.
Continuaram durante mais alguns instantes. Então Gedanken tentou novamente.
– Tal como ia dizendo, há uma coisa que tenho de lhe contar. Quero desistir.
– Desistir? Mas ainda agora *começámos*. Além disso, pensava que tinhas dito que ias à frente.
– Não, não. Não é desistir *disto*. Quero desistir daquela coisa das ondas e das partículas. Não vou continuar com aquilo. Já pensei muito no assunto... E tomei uma decisão. Não estou à altura daquilo... Estou completamente perdida...
Gedanken encolheu os ombros demonstrando que aparentemente não sabia o que fazer.
Durante alguns momentos fez-se silêncio. O Tio Alberto recostou-se na cadeira e tamborilou ao de leve com os dedos no braço da cadeira.
Gedanken continuou – Penso que o melhor é o Tio continuar sozinho. Não estou habituada a este género de ciência. Na escola, com ciência *a sério*, há sempre uma resposta certa e uma resposta errada. É só uma questão de descobrir qual é qual. Mas com isto... Bem, quero dizer... É tudo uma grande confusão, não é?
O Tio parecia terrivelmente desapontado.
– Bem... Se foi isso o que tu decidiste – suspirou.
– É o melhor... Não acha?

– Talvez. Mas... mas não és só tu que te sentes mal. O que quero dizer é que não somos os únicos a trabalhar nisto. Ouve – disse ele, apontando para um monte de cartas em cima da sua secretária. – Max, Louis, Erwin, Werner, Niels... Não conheço ninguém que *não* esteja a trabalhar nisto. E todos eles se sentem confundidos... completamente confundidos.

Com os dedos percorreu os longos cabelos cinzentos e fixou o olhar na lareira.

– Fala-se mesmo de podermos estar perante a barreira do conhecimento.

– O que é isso? – perguntou Gedanken.

– Bem, tu sabes muito bem como a ciência continua a tentar descobrir cada vez mais coisas.

Ela assentiu.

– Bem – continuou ele – durante quanto tempo continuará a ser assim?

– Até se descobrir tudo – respondeu Gedanken.

– Si... Sim. Provavelmente – concordou ele. – É certamente isso que eu gostaria que acontecesse. Mas poderá não ser assim. Poderá acontecer que cheguemos a uma barreira... A um limite para a nossa compreensão. Até chegarmos a esse limite, tudo bem. Se tivermos tempo suficiente... e pessoas suficientemente inteligentes... poderemos um dia conhecer e compreender todas as coisas... Até atingirmos esse limite. Mas para além desse limite poderá haver muitas coisas que não conseguimos compreender... E que nunca, nunca *viremos* a compreender.

– Mas porque não?

– Porque as nossas mentes não são capazes de compreender essas coisas.

– Mas e um *verdadeiro* génio? Um génio ainda maior do que o Tio? – perguntou ela.

– Muito obrigado – e o Tio Alberto sorriu. – Não, nem

mesmo nessa altura. Aquilo de que estou a falar é da compreensão que está para além da própria mente humana.
— Uau! E é aí que nós estamos com esta coisa das ondas e das partículas? — perguntou ela, começando a sentir um interesse renovado pelo assunto.
— Possivelmente. É o que algumas daquelas pessoas começam a afirmar — disse ele, olhando para as cartas em cima da secretária. — Mas quase aposto que eles estão errados.
— E como é que vai provar isso... Que eles estão errados?
— Não disseste que ias desistir?
— E vou. Mas não há mal nenhum em querer saber o que o *Tio* pretende fazer de seguida.
— Ora bem, vamos lá a ver o que já temos — disse ele, olhando para o tecto. — A luz não se compõe apenas de ondas, tal como todas as pessoas pensavam. Por vezes comporta-se como se fosse uma partícula; isso acontece quando perde a sua energia sob a forma de um pequeno *quantum*, em vez de...
— Espere aí. O que é isso de *quantum*... Não foi o que disse? É mais uma das suas palavras inventadas?
Ele riu-se.
— Não. Acho que não é uma das minhas palavras... Pelo menos, acho que não... mas não tenho a certeza... de qualquer modo, isso não importa. É apenas uma palavra que significa "partícula" ou "pacote de energia".
— Oh.
— De qualquer maneira, tal como estava a dizer, a luz perde a sua energia sob a forma de um *quantum*, em vez de se espalhar completamente, como seria de esperar de uma onda.
— Além disso — continuou — os electrões não são apenas partículas, *quanta*, como pensávamos a princípio. Por vezes comportam-se como ondas. De início não sabíamos isso,

porque o comprimento de onda é muito mais pequeno que o da luz. O mesmo acontece com o núcleo do átomo; os núcleos também se comportam como partículas quânticas, algumas vezes, e como ondas, outras vezes. O seu comprimento de onda é ainda mais pequeno.

— Por isso — concluiu — o que parece é que *tudo* se comporta como ondas e como *quanta*... Umas vezes comportam-se de uma maneira, outras vezes comportam-se de outra.

— É parecido com o Cenoura — sugeriu Gedanken.
— Com o Cenoura? — perguntou o Tio Alberto. — Ah, o Sr. Turner, o teu professor de ciências? O que tem *ele* a ver com tudo isto?

— Bem, nunca se sabe como é que ele se vai comportar. Por vezes é simpático, muito prestável; mas outras vezes toma atitudes horríveis e torna-se antipático e mandão. Com ele nunca se sabe o que vai acontecer.

O Tio Alberto soltou um riso abafado. — Percebo o que queres dizer.

Mas mostrou novamente um ar sério.

— Só que *há* uma diferença — acrescentou. — Com estas coisas que temos analisado sabemos *realmente* o que vai acontecer.

— Como?
— Ora pensa lá bem. Quando é que a luz, os electrões e os núcleos se comportam como uma partícula... como um *quantum*? Quando vão de encontro a qualquer coisa, não é? Quando atingem uma parede... nesse género de situações. Quanto ao comportamento em onda, ele acontece quando se movimentam de um lado para o outro... Por exemplo, quando têm de passar por orifícios, etc.

— Mas ainda não compreendo o que é *realmente* um

electrão. Ou a luz, ou os núcleos. É *efectivamente* uma onda ou um *quantum*?
— Essa é a parte complicada. Puseste o dedo na ferida. É isso que está a confundir todas as pessoas. Mas pelo menos conseguimos descobrir *quando* é que se pode esperar esses dois géneros de comportamento.

Gedanken regressou ao jogo e escreveu a palavra seguinte.
— Palavra que vale a dobrar. Doze — disse ela. — Sim. Acho que é bom saber que não sou a única que está confundida.
— Não, certamente que não és.
— Mas ainda acho que me vou manter só na Física da escola por agora... pelo menos, no género de coisas que o computador me consegue ensinar — acrescentou ela maliciosamente.

O Tio Alberto olhou para ela com toda a atenção. Depois, calma e intencionalmente, reordenou as letras no seu suporte.
— Sei muito bem aquilo que queres — disse ele. — Estás a tentar enrolar-me... para eu perder a jogada. Mas não vais conseguir. *Estou concentrado*. É um jogo muito importante, o Scrabble.
— O que gosto especialmente de aprender quando uso o *computador* — disse Gedanken, ignorando o reparo do Tio Alberto — é que se pode cometer erros sem que o professor ou outra qualquer pessoa na sala saiba e o computador dá-nos a resposta certa.
— Dá a resposta certa! — explodiu o Tio Alberto subitamente. — Huum! Como é que um computador pode dar-te a resposta certa? Como é que ele sabe se tens alguma coisa errada e como é que sabe o que precisas para te dar a resposta certa?! Estás a dizer uma data de asneiras.
— Não são asneiras! — declarou Gedanken.

— É claro que são. Que coisas pode compreender um computador? É simplesmente um monte de engenhocas electrónicas. Qualquer pessoa poderia pensar... pela forma como falas... que o computador é uma espécie de *pessoa*!
— Bem Tio, se quer mesmo saber, é *exactamente* assim que ele se comporta. Como uma pessoa muito amigável! Ao contrário de *algumas outras* pessoas... — acrescentou Gedanken. — O computador é como uma pessoa que sabe muitas coisas e que nos pode ajudar com as coisas que não compreendemos, sem gritar connosco e sem nos fazer sentir parvos em frente das outras pessoas.
— Pah!
— "Pah!" para si. E posso provar o que digo.
— Oh, oh! E como é que tencionas fazê-lo?
— Vou... Vou pensar em alguma coisa. Vai ver — murmurou Gedanken em tom de desafio. — E já agora, o *que* pensa que está a fazer aí? "YOICKS"? O que é isso? Essa palavra não existe.
— É claro que existe. É o que as pessoas gritam quando vão à caça... "Yoicks".
— Ai é? E o que quer isso dizer?
— Não tenho a certeza.
— Claro que não... Onde está o dicionário?
— Não sei. Perdi-o.
— *Perdeu-o*!? Como é que se pode perder uma coisa tão grande como um *dicionário*? Honestamente Tio, é o maior BATOTEIRO que conheço!

8
Um de cada vez

– Ah. Está aí – disse Gedanken, enfiando a cabeça por entre a porta aberta do barracão do jardim.
– Oh, olá – disse o Tio Alberto. – Não estava à tua espera.
– Estive a tocar à porta da frente, mas não me ouviu. Por isso, dei a volta pelas traseiras.
– O que vens cá fazer?
– Vim trazer-lhe uma tarte.
– Uma tarte?
– Sim. A mãe fez algumas tartes e disse-me para lhe vir trazer uma.
O Tio Alberto olhou desconfiado para Gedanken. – Não é uma das tuas tartes de framboesas nucleares, pois não?
Ela riu-se. – É de maçã – assegurou-lhe. – Cheira muito bem. Mas tem pedacinhos castanhos horríveis lá dentro.
– Pedacinhos castanhos?
– O Tio sabe... daquelas coisas picantes que a mãe põe sempre.
– Cravinhos-da-índia?
– Sim. São horríveis. Estragam todo o sabor. Detesto-os. Digo-lhe sempre que se *tiver mesmo* de os pôr, podia fazer tartes especiais para mim... sem aquilo. Bem, não interessa, o que está a fazer?
– Nada de especial. Estou só a tentar afiar esta lâmina. Receio que a máquina de cortar relva esteja quase a dar o berro. Da última vez quase não cortou relva nenhuma. Pensei em afiar a lâmina um bocadinho... para ver se faz alguma diferença.

– Posso tentar?

O Tio Alberto entregou-lhe a lâmina e o bloco sobre o qual a estava a afiar e Gedanken dedicou-se à tarefa.

– Tenho estado a pensar – disse ela após algum tempo. – Acerca do que o Tio disse ontem à noite... Que sabia quando as coisas se iam comportar como *quanta*, e que sabia quando elas se vão comportar como ondas.

– Ai sim?

– Bem, se o laser não fosse tão brilhante, o padrão no muro também não seria tão brilhante, pois não?

Ele assentiu.

– Então o que significa isso? Será que significa que os *quanta* de luz não têm tanta energia?

– Não, não. Cada *quantum* tem exactamente a mesma energia que anteriormente. Só que são menos. Já não são tantos aqueles que atingem o muro. E é por causa disso que o muro recebe menos energia... é por causa disso que o padrão parece mais esbatido.

– Ah, era o que eu pensava – disse Gedanken, olhando para cima. Tinha um brilho malicioso nos olhos. – Certo. Nesse caso, tenho uma questão: o que aconteceria se tornássemos o laser muito, *muito* esbatido... tão esbatido que só transmitisse um *quantum* de energia.

– Só um...?

– Isso. E se só um *quantum* de energia chegasse ao muro?

– Si... sim – disse ele algo inseguro.

– Então está bem. Será que a energia ainda se espalhava consoante o padrão de difracção normal... isto é, por todo o muro?

– É claro que sim. Tal como te disse da última vez: é o comportamento da onda que nos diz para *onde* vai a luz. Isso significa difracção.

Ela sorriu. – Nesse caso, não perderia a sua energia como

um *quantum*... pelo menos não a perderia como um *quantum* normal quando atinge determinado ponto. O Tio Alberto parecia ter sido completamente apanhado de surpresa.

– É óbvio – explicou Gedanken. – Só há energia suficiente para UM *quantum*, lembra-se? E essa energia tem de se espalhar por tudo para formar o padrão... por isso *não* pode concentrar-se num ponto único.

O Tio Alberto olhou para Gedanken sem saber o que dizer.

– Ou isso – continuou ela – ou a energia *é* perdida como um *quantum* normal... que é como o Tio disse que a energia se perdia. E nesse caso onde está o padrão de difracção?

O Tio Alberto sentia-se algo atordoado.

Gedanken ria-se e a brincar deu-lhe um pequeno murro no peito – PUAH! Ora, tome lá! O Tio disse que a ciência era uma questão de fazer boas perguntas. Esta é ou não é uma boa pergunta?

O Tio Alberto ficou a pensar durante alguns momentos.

– Vá lá – insistiu Gedanken. – Qual é a resposta? Obtém--se um padrão de difracção ou um *quantum*? Não se pode obter os dois... Pelo menos isso não é possível apenas com um *quantum* de energia. De qualquer das formas, há alguma coisa que está errada e eu ganho por KO!

Ele olhou zangado para ela, virou-se para o lado e começou a arrumar as ferramentas.

– Essa lâmina – disse ele rudemente. – Está a ficar melhor, ou não?

Gedanken abanou a cabeça. – Acho que não.

– Nesse caso dá-ma cá. Vou ter de comprar uma nova. Na próxima semana tenho de ir à cidade; há uma conferência a que tenho de assistir e já poderei procurar uma lâmina em condições nas lojas.

Fechando a porta do barracão, caminhou lentamente de

volta a casa, com as mãos cruzadas atrás das costas. Não disse nada. Era como se se tivesse esquecido que Gedanken estava ali. Quase pisou a tarte de maçã que Gedanken deixara em cima dos degraus. Ela baixou-se rapidamente para retirar a tarte do caminho e levou-a para dentro. Pousou a tarte em cima da mesa da cozinha.

– Huum – disse o Tio Alberto, levantando-se. – Querias uma fatia de tarte?

– Nem por isso! Já lhe disse. Tem daquelas coisas horríveis.

O Tio Alberto encolheu os ombros. – Faz como quiseres.

– Vou pô-la no frigorífico, se quiser.

Ele parecia não a ouvir. Foi até ao gabinete pegando no jornal que estava em cima da mesa perto da porta da frente. Quando Gedanken chegou à beira dele, já ele estava sentado a ler o jornal.

– Então – disse ela. – O que vai fazer acerca disto... acerca do que eu disse?

Ainda a ler o jornal, ele murmurou – Não há nada que eu *possa* fazer, pois não?

– Que quer dizer com isso? – perguntou ela.

Ele olhou bruscamente para cima.

– Quero dizer que a única forma de saber o que poderia acontecer era *enviar* alguém para o descobrir. Mas não *tenho* ninguém para lá ir... pelo menos não tenho ninguém agora... pois não? – perguntou ele, algo aborrecido.

– Ei, tenha calma. Tenha calma, meu, tenha calma.

O Tio Alberto não conseguiu deixar sorrir. – Que expressão tão feia – declarou. – Ainda se fala desse modo?

Pôs o jornal de lado.

– A sério – disse ele. – Foi uma boa pergunta a que fizeste. E eu não sei a resposta. Só há uma forma de descobrir. Alguém tem de fazer a experiência... Alguém tem de ver o que acontece efectivamente quando passa só um *quantum* de energia de cada vez.

Gedanken pensou durante alguns instantes.

– Não é que eu *queira* ir novamente – disse ela. – Gosto das aventuras na bolha pensadora, mesmo quando é só para ir ao País das Maravilhas. É só que... Oh, não sei... Olhou para o Tio Alberto. O problema que ela levantara estava evidentemente a preocupá-lo bastante.

– Está bem – disse ela, decidindo-se finalmente. – Vou lá se o Tio assim quer. Mas esta é definitivamente a *última vez*.

O Tio Alberto parecia *bastante* aliviado. Em poucos instantes já tinha a bolha pensadora a pairar por cima da cabeça... E Gedanken lá ia a caminho...

– *Um*? Só um? – perguntou o Coelho Branco. – Tu queres que eu mande só *um* electrão pelo cano abaixo?

– Isso mesmo.

– Mas porquê? Eles são tão irrequietos. Seria muito mais fácil mandar muitos pelo cano abaixo... como da última vez.

– Por favor. Faz o que te peço – insistiu Gedanken.

– Oh, está bem. Quanto mais depressa me livrar desta coisa toda da ciência...

Gedanken continuava a ouvir o Coelho a resmungar enquanto se dirigia para o pátio para tomar posição.

– Quando quiseres podes começar, já estou pronta – disse ela. – O que será que vai acontecer – pensou. – O que irá ganhar... o *quantum* ou a onda?

Esperou... Esperou... Esperou...

– Já disse que estava pronta – gritou impaciente.

– Está bem, está bem. Já ouvi – foi a resposta. – Estes malvados electrões estão a saltar de um lado para o outro. Se achas que consegues fazer melhor...

Finalmente, Gedanken ouviu o ruído de um electrão a descer pelo cano. Ouviu-se um ligeiro... TTCCHHHHH! E o electrão foi de encontro a *um* ponto do muro! *Chegou como um quantum.*

– Ah – gritou Gedanken. – Um *quantum*! Isto resolve tudo! Nem um só sinal de uma onda, em parte nenhuma.
– Tens a certeza? – disse uma voz por trás dela.
Surpreendida, Gedanken virou-se.
– Oh, és tu – exclamou. – Quem me dera que parasses de fazer isso. É muito aborrecido apareceres assim inesperadamente.
– Desculpa. Da próxima vez vou tentar que a minha chegada seja anunciada como deve ser. Que tal com um toque de trombetas? Acho que seria óptimo – sorriu ironicamente.
– Mas, tal como te dizia, tens a certeza de que não havia nenhuma onda?
– Claro que tenho a certeza – disse Gedanken. – Se tivesses chegado mais cedo, terias visto com os teus próprios olhos.
– Mas eu *estava* aqui.
– Então devias estar a ver.
– Eu *estava* a ver.
– Bem... então aí tens. É um *quantum*. Quando só há um *quantum* de energia, só um *quantum* atinge o muro
– Não ponho *isso* em dúvida – disse o Gato. – Mas sim aquilo que disseste acerca da onda.
– Mas *não há* nenhuma onda – insistiu Gedanken. – Consegues ver alguma onda? Consegues ver algum padrão de difracção?
– Não.
– Ora aí tens.
– Não... não consigo ver nenhum padrão de difracção... *por enquanto*... ia eu a dizer – disse o Gato.
– O que queres dizer com "por enquanto"? Já acabou. Já *realizámos* a experiência. Não há mais nada para fazer; já não há mais nada para ver.
– Um *bom* cientista nunca fica satisfeito com a realização de uma só experiência.

– E que sabes tu acerca de bons cientistas, ou de maus cientistas? – desafiou-o Gedanken.

– Em breve saberás... Partindo do princípio de que as minhas informações (as minhas informações *particulares*) estão correctas. Sim, em breve saberás porque razão deverias prestar mais atenção ao que eu tenho a dizer acerca de questões científicas.

O Gato esticou, vaidoso, o pescoço e arqueou as costas.

– Mas longe de mim *forçar-te* a seres uma boa cientista – acrescentou de forma simpática... antes de desaparecer.

Gedanken sentiu-se algo incomodada. A experiência parecera-lhe perfeitamente simples. Não podiam restar quaisquer dúvidas quanto ao resultado. E, no entanto,... o Gato parecia saber alguma coisa... Tal como já acontecera anteriormente.

– Bem, acho que não fará mal nenhum se repetir a experiência – pensou ela. – Não deverá demorar muito, desde que o Coelho não demore todo o dia a apanhar o electrão. Chamou o Coelho e disse-lhe que ele tinha de mandar mais um electrão pelo cano abaixo.

– *Mais um?* – gritou ele. – Mais um sozinho, é isso que queres?

– É isso mesmo – respondeu Gedanken. – Se o pudesses fazer eras muito simpático.

Poucos instantes depois Gedanken ouvia o som de alguém a correr na cozinha de um lado para o outro... A derrubar coisas.

– Anda cá... Sim, tu. Oh, o meu pêlo! Onde estás? Pára de saltar de um lado para o outro. Estás a ser muito mau. *Por favor*. Desce daí. Por amor de Deus... Pára QUIETO...

Finalmente parou de se ouvir barulho e Gedanken ouviu um electrão a descer pelo cano... TTCCHHHHH! Um segundo electrão foi de encontro ao muro.

– Ora aí está! O que disse eu? Mais um *quantum* – disse ela com satisfação. – Foi exactamente como da primeira vez.
Ainda não tinha acabado de dizer isto quando lhe pareceu ouvir o som de trombetas distantes.
– Hãhã – sussurrou uma voz. – Assim está melhor? Era outra vez o Gato... Pelo menos o sorriso do Gato... Nada mais.
– Aqui estou. Desta vez não te assustei, pois não? – riu-se o sorriso.
– O que queres tu desta vez? – perguntou Gedanken algo desconfiada.
– Só queria saber se tinhas a certeza. Disseste que tudo tinha acontecido exactamente como da última vez. Tens a certeza?
– Sim. Claro que sim. Porque não deveria ter?
– Mas aconteceu *exactamente* o mesmo que da outra vez? – perguntou o Gato.
– Sim – repetiu Gedanken algo impaciente.
Durante alguns instantes o sorriso do Gato foi acompanhado pelos olhos do Gato. Viraram-se para cima e depois desapareceram.
– Eu disse – continuou a voz, de forma lenta e intencional, como se estivesse a falar com um idiota. – Eu disse: aconteceu EXACTAMENTE o mesmo que da outra vez? Queria dizer: o *quantum* foi de encontro ao muro EXACTAMENTE no mesmo sítio que da outra vez?
– Bem, não – disse Gedanken. – Não foi exactamente no mesmo sítio. O primeiro foi acolá... quase em frente ao cano. O outro sítio foi aqui. Porquê? Que diferença faz?
– Então, *não* é exactamente como antes. Era só isso que eu queria dizer.
– Mas e então? – protestou ela. – O Coelho provavelmente pôs o electrão no cano de uma maneira diferente.

Um de cada vez

Gedanken gritou para a porta da cozinha, – Desculpa lá Coelho. De que modo é que atiraste o último electrão pelo cano?
– O que queres dizer como isso "de que modo é que atirei"? – foi a resposta. – Como é que achas que o atirei?
– Bem, será que o atiraste da mesma maneira que tinhas atirado o primeiro?
– Sim.
– Exactamente como tinhas atirado o outro antes? – perguntou ela.
– Ouve lá – disse o Coelho, metendo a cabeça por entre a porta da cozinha, com o pêlo todo no ar e com os bigodes retorcidos – Estou a fazer o melhor que posso, está bem? Que mais queres?
Gedanken virou-se para o Gato... Mas até mesmo o sorriso desaparecera.
– Ai, ai, isto é tudo muito estranho – pensou ela. – Se o Coelho atirou o electrão pelo cano da mesma maneira que antes, por que motivo atingiu um sítio diferente no muro?
Gedanken não sabia muito bem o que deveria fazer de seguida. – Se calhar é melhor continuarmos com mais alguns electrões e vermos o que acontece.
– Podes atirar mais um, por favor? – gritou ela para o Coelho. – Exactamente como os anteriores. Com muito cuidado.
Com um grito de protesto, o Coelho fez o que Gedanken lhe pediu.
– E agora outro, por favor – gritou ela.
Mais protestos.
– E mais outro, por favor.
Deste modo, repetiram a experiência várias vezes. De cada uma das vezes o *quantum* embatia num sítio diferente. Não havia forma nenhuma de prever qual seria o sítio seguinte.

Subitamente ouviu-se um guincho na cozinha. Deveria ter acontecido algo terrível ao Coelho Branco. Gedanken entrou a correr na cozinha. Mas não. O Coelho estava bem. De facto, estava muito alegre e contente a dançar, e tinha na mão um pedaço de papel. Era evidentemente um pedaço de papel muito importante; era um rolo de papel com um grande selo vermelho.

– Consegui! Consegui! – gritava o Coelho.
– Conseguiste *o quê*? – perguntou Gedanken.
– Cozinheiro-chefe. A Rainha nomeou-me Cozinheiro--chefe. Ela gostou imenso da minha tarte de framboesa. A Rainha diz que era precisamente aquilo de que necessitava para aquecer o seu Estômago Real num dia frio.
– Isso é maravilhoso. Parabéns. Estou muito contente por ti. Mas será que a Rainha já não está interessada na ciência?
– Oh, sim, sim, ainda está muito interessada. O Gato. Planeámos tudo, lembras-te? Agora é ele o Cientista-chefe... na minha vez.

O Coelho Branco pôs-se a dançar na cozinha, dando pontapés em alguns electrões saltitantes que se lhe atravessavam no caminho. Despiu a bata do laboratório e atirou-a para o chão. Quando Gedanken o viu pela última vez ele ainda dançava e acenava com o rolo de papel enquanto desaparecia ao longo do corredor.

Sozinha, Gedanken regressou ao pátio. Deixou-se ficar encostada à porta das traseiras.

Ao olhar para o monte desalinhado de electrões junto ao muro apercebeu-se subitamente! É evidente! Como é que não o tinha notado antes? DIFRACÇÃO. Ali estava! Mesmo à frente do seu nariz.

O monte de electrões... aqueles que tinham saído do cano um de cada vez... era mais denso na proximidade do ponto imediatamente em frente ao cano, e não era tão denso dos

lados, extinguindo-se gradualmente à medida que se afastava ainda mais do centro. Tinha exactamente a mesma forma que o monte dos electrões atirados em conjunto!
— Fascinante — exclamou o Tio Alberto quando Gedanken regressou. — Terrivelmente fascinante.
— Sim. Foi um empate — disse Gedanken.
— Um empate?
— Sim. Fui para tentar descobrir se ia ser um *quantum* ou uma onda, não foi? E no final eram *ambos*, de certa forma.

O Tio riu-se.
— A princípio estava errada — continuou Gedanken. — Eu pensava que o *quantum* tinha ganho... de caras. A sério, nem sequer duvidava. Entretanto, o padrão começou a formar-se e eu nem sequer me apercebi disso. Estava demasiado preocupada a pensar no que o último *quantum* tinha acabado de fazer. Nunca me ocorreu que deveria recuar um pouco e observar *todos* eles. Quando fiz isso, bem...
— Esquisito. Muito esquisito — murmurou o Tio Alberto.
— A energia chega sob a forma de um *quantum*. Eu acreditava verdadeiramente que deveria ser assim. Mas a onda também está lá. Não como um padrão de difracção. Pelo menos, não como um padrão que se possa *ver*. Mas esteve sempre lá. Guiava o electrão para o muro. Fazia-o de forma invisível.
— O que quer dizer com isso? — perguntou Gedanken. — De forma invisível?
— Bem, é como tu disseste antes de ires. Apenas com um *quantum* não se consegue *ver* realmente qualquer padrão de difracção causado por uma onda. E, no entanto, no final, depois de terem passado muitos electrões, um de cada vez, surge o padrão. Por isso, a onda deveria estar lá desde o início, apesar de não poder ser vista. O que estava a fazer era a decidir a *probabilidade* dos *quanta* surgirem em locais diferentes.

— Probabilidade?
— Sim, as *probabilidades*... As probabilidades do *quantum* surgir num local e não num outro. Se o padrão final tiver de alcançar uma densidade de energia duas vezes maior num local do que num outro local, por exemplo, então a onda tem de manobrar de modo a que cada *quantum* tenha duas vezes mais probabilidades de ir para esse local do que para o outro.
— E, desse modo, quando passam muitos electrões, funciona tudo bem... Em média. É isso?
— Sim. Exactamente.
— E isso é tudo o que a onda faz? O electrão sai do cano e a onda diz "Oi! Tens uma probabilidade de 10 por cento de acertares acolá, 20 por cento de acertares além, 15 por cento acolá, 25 por cento mais além... boa sorte!"
O Tio Alberto riu-se. — Sim, acho que é isso que a onda faz.
— Mas isso é um bocado desleixado, não é? Não se pode chamar a isso "Física". Ou pode? Parece-me que é antes como fazer apostas!
O Tio Alberto riu-se ruidosamente.
— Não posso deixar de concordar contigo. Não, não. Isto não é Física a sério. Há muitas mais coisas que temos de fazer.
— Como por exemplo descobrir exactamente para onde vai cada electrão e não apenas as probabilidades de ir para qualquer sítio?
— Sem dúvida — concordou ele entusiasmado. — Vamos falar sobre tudo isso na conferência.
— Sobre... sobre o que é esta conferência, Tio? — perguntou Gedanken.
— Não te disse? Oh, desculpa. É sobre *quanta* e ondas. Sobre o que nós descobrimos, sobre o que os outros descobriram e sobre o que se pode concluir de tudo isto.

Julgo que todos os meus amigos vão estar presentes: o Louis, o Niels, o Max...
— Aqueles a quem tem escrito?
— Esses mesmos. Quem me dera ter arranjado um convite *para ti*, mas... bem, sabes... era difícil...
— Porque sou apenas uma miúda da escola, não é? É isso que quer dizer – resmungou Gedanken.
— Não é justo, já sei. Desculpa.
— Tem toda a razão, não é justo. Quase aposto que descobri muito mais coisas do que a maioria deles em conjunto. O que se passa? Será que eles acham que eu não vou compreender o que...?
— Espera, espera. Ainda não acabei. Vais ter a *tua* oportunidade. Não podes ir à conferência, mas podes vir ao nosso jantar. Combinei um jantar com os meus amigos na sexta-feira à noite, no último dia da conferência. Vamos a um restaurante, eu e os meus amigos. E tu também estás convidada.
— Eu? O Tio quer dizer que...
— Isso se os teus pais deixarem.
— Se...! Ai deles se não deixarem!

9
O jantar dos cientistas malucos

– ... Sete... – murmurou Gedanken, enquanto olhava através da janela do táxi.
– O quê? – perguntou o Tio Alberto.
– Oh, nada... Oito...
– O que *estás* a fazer? E quem era aquela senhora? – perguntou ele.
– Não faço a mínima ideia – respondeu ela, encolhendo os ombros.
– Mas disseste-lhe adeus... Àquela mulher na paragem do autocarro... e ela respondeu-te.
– É isso mesmo – respondeu Gedanken, como se fosse perfeitamente óbvio. – As pessoas respondem quando lhes aceno. Quando cumprimento as pessoas com um aceno elas respondem. Até agora já foram oito.
– Mas porque respondem as pessoas ao teu cumprimento se não sabem quem *tu* és? – perguntou ele.
– Porque pensam que pode ser alguém importante. Estou num táxi, não estou?
O Tio Alberto sorriu e abanou lentamente a cabeça.
– Já agora, é preciso muita prática – continuou ela. – Não serve de nada acenar de qualquer maneira... – Gedanken movimentou os braços à toa. – Assim parece um pouco disparatado. E não serve de nada fazer assim... – Fez um ligeiro aceno, movimentando apenas os dedos. – As pessoas nunca reparam num cumprimento assim. Não, não. Tem de

se fazer assim... tal como faz uma Rainha. Ora, tente lá, Tio. Faça aí, do seu lado da janela.

– Não faço nada disso – riu-se ele. De seguida, acrescentou – Já agora, deixa-me dizer-te que estás muito bonita. É novo?

Gedanken olhou para o vestido.

– Nem por isso. Não o uso muito. A mãe disse que *tinha* de o vestir hoje à noite.

– Boa ideia. Não haverá muitas pessoas a usar calças de ganga, com buracos...

– Vai ser *muito* fino? – perguntou Gedanken algo ansiosa.

– Não diria que será *fino*. Será apenas... muito bonito.

Gedanken virou-se novamente para a janela.

– ... Nove... Ou seriam dez? Oh, fez-me perder a conta – disse ela um pouco zangada.

Gedanken olhou em volta. Leu o aviso acerca do uso dos cintos de segurança, e um outro aviso acerca da forma de cálculo para pagar o táxi. Ora aqui estava algo interessante: quanto é que já tinham gasto até àquele momento? Esticou-se um pouco para ver o taxímetro. *Já* tinham gasto 1000$00! Que bela maneira de ganhar dinheiro!

– Já estamos perto? – perguntou ela.

– Já não falta muito – respondeu o Tio Alberto.

– Como é está a correr a sua conferência?

– Bem, já terminei. Hoje à tarde foi a última sessão.

– E então?

Ele suspirou. – Não sei. É tudo uma grande confusão. Ninguém parece concordar com nada.

– Acerca de quê?

– Acerca destes *quanta* e das ondas... acerca do significado de tudo isto.

– Mas eu pensava que os cientistas concordavam sempre uns com os outros – disse ela.

O Tio Alberto riu-se. – Já não é assim. E muito menos com isto.

– Porquê? O que tem isto de tão especial?

– Bem, é esta questão de saber se se pode prever o que vai acontecer...

– Dos electrões que saem do cano... e para onde vão na parede?

– Sim. Esse género de coisas. Só conseguimos chegar até às probabilidades do sítio onde deverão acertar... A partir do padrão de difracção. Mas será que é *isso*? Será que é o melhor que conseguimos fazer? E se pudéssemos descobrir *exactamente* para onde vai cada electrão?

– Sim, porque não? Só é preciso olhar para eles muito de perto, muito de perto.

– Huummm... sim – murmurou o Tio Alberto um pouco hesitante. – Mas isso é mais fácil de dizer do que de fazer. Quando se olha para um electrão muito de perto tem de se lançar sobre ele uma luz... como é evidente. Mas "lançar sobre ele uma luz" significa que se atinge o electrão com um *quantum* de luz, não é?

– E então?

– Bem, desse modo sabe-se onde está o electrão, mas nessa altura acerta-se no electrão com um *quantum* de energia. Acerta-se nele enquanto ele está a fazer o seu percurso. Por isso, deixa de se saber em que direcção é que se está a movimentar, ou a que velocidade vai. E se não se souber isso não se pode descobrir onde vai aparecer de seguida o electrão.

– Ah! Então isso explica por que motivo o Coelho Branco demorou tanto tempo a apanhar os electrões – disse Gedanken. – Ele disse que os punha no cano da mesma maneira de cada vez. Mas eu acho que ele não conseguia. Ou pelo menos não o devia conseguir muito bem. Era por causa isso que eles saíam em direcções diferentes.

— Sim. O simples facto de ele ter de olhar para eles significava que deveria estar a atingi-los com *quanta* de luz. Era por causa disso que eles saltavam de um lado para o outro.

— Hum, estou a perceber — disse ela. De súbito teve uma ideia. — Mas não há forma nenhuma de olhar para o electrão *com todo o cuidado*? — perguntou ela.

— Oh, sim. Sim, pode fazer-se isso. Alguns géneros de luz — luz vermelha, por exemplo — têm *quanta* com muito pouca energia. Dessa forma, quando atingem um electrão quase não o afectam...

— Bestial! Então aí está a solução.

— Não, não. Espera. Não é assim tão simples. Ia dizer-te que com a luz vermelha existe um género *diferente* de problema. A luz vermelha tem um comprimento de onda muito comprido.

— E então?

— Então, a distância entre os seus pontos altos e os seus pontos baixos é bastante grande. É... é algo indistinta. E com uma luz indistinta não se pode ver claramente onde *está* o electrão. Pode saber-se a que velocidade viaja o electrão e em que direcção se movimenta, porque isso não se modifica quando ele é atingido pela luz, mas deixa de se saber *onde* é que ele está.

— Oh — disse Gedanken, parecendo algo desapontada. — Sabe-se o que ele está a fazer, mas não se sabe onde o está a fazer.

O Tio Alberto riu-se. — Exactamente! Ao passo que com outros tipos de luz, por exemplo a luz azul, os *quanta* têm muita energia e o seu comprimento de onda é pequeno...

— Então, dessa forma sabe-se *onde está* o electrão, mas não o que ele *está a fazer*.

— É precisamente isso — concordou o Tio Alberto. — E, como é evidente, para descobrir onde estará uma coisa num qualquer momento no futuro é necessário conhecer esses *dois* elementos.
 — E o Tio diz que só podemos saber uma das coisas, e não as duas.
 — Bem, para dizer a verdade não sou eu. É o que o Werner diz, o meu amigo Werner. Ele tem-nos falado na conferência acerca do seu Princípio de Incerteza.
 — Acerca do seu *quê*?
 — Bem, é o que as pessoas lhe chamam: O Princípio de Incerteza. O futuro é incerto porque, tal como tu disseste, quando se sabe onde está uma coisa, não se sabe o que está a fazer, ou quando se sabe o que está a fazer, não se sabe onde o está a fazer.
 — Não percebo. Eu sei muito bem onde estou! Estou neste táxi. *E* sei o que estou a fazer! Estou a viajar a cinquenta quilómetros por hora, mais ou menos, nesta estrada. E se soubesse onde era o restaurante, saberia quando ia lá chegar. Por isso, e deste modo, o futuro *não* é incerto.
 — Não, não. As incertezas de que estamos a falar são muito, muito pequenas. Demasiado pequenas para poderem ser notadas na vida de todos os dias. Só se tornam importantes quando se tenta prever o que vai acontecer a coisas muito, muito pequeninas, como os electrões. O Princípio de Incerteza é sobre essas coisas. A propósito — acrescentou ele — depois de te ter contado isto, tenho de confessar que não acredito nele.
 — Não acredita no Princípio de Incerteza?
 — Não.
 — Mas porque não?
 — Não sei. Não me parece que esteja correcto.
 — Ainda bem!

– Sim, está tudo muito bem, mas ainda tenho de encontrar uma forma de lhe dar a volta. Tenho de encontrar um exemplo... um só chega... com o qual possa demonstrar que se *pode* descobrir tudo o que é necessário saber. Desse modo o futuro *não* será incerto, nem mesmo para um electrão.

– Isso não deve ser difícil... só um exemplo.

O Tio Alberto encolheu os ombros. – Era o que eu pensava. Mas ainda não consegui. Tenho tentado bastante. Ainda esta manhã pensava que já o tinha conseguido. Disse ao Niels. Mas ele encontrou um erro. Tinha-me esquecido de uma coisa. Fui mesmo estúpido.

– Bem, não desista – disse Gedanken.

– Oh, não te preocupes; não penso desistir assim tão rapidamente.

Nessa altura, o táxi diminuiu de velocidade e o Tio Alberto acenou subitamente para fora da janela. Um grupo de homens respondeu ao cumprimento.

– Ei! Muito bem, Tio. Quantos eram? Três... não, quatro de uma só vez.

Ele riu-se.

– Eu só cumprimento as pessoas que conheço. Vamos. Já chegámos.

Saíram e o Tio Alberto pagou ao motorista do táxi. O grupo de homens aproximou-se deles.

– Max, Niels, Werner, Louis, esta é a Gedanken, a minha sobrinha. Já vos falei dela – disse o Tio Alberto.

Enquanto entravam no restaurante, Niels virou-se para Gedanken a sorrir.

– Então és tu que um dia queres ser Física, hã?

– Já sou – respondeu ela.

– Excelente! É essa a atitude que é preciso. Nunca é cedo para se começar. É necessário sangue novo para afastar os velhadas quando eles já não chegam lá – disse ele. Então, erguendo um pouco mais a voz – Sem ofensa, Alberto.

Riram-se todos, excepto o Tio Alberto que estava ocupado a falar com o chefe de mesa.
— Boa noite, Professor — disse o empregado. — Por aqui. Arranjámos uma mesa na sala lateral. É um pouco mais privada. Algumas pessoas do seu grupo já chegaram.
Houve mais algumas apresentações. Gedanken estava preocupada por se poder esquecer do nome de alguém. O Tio Alberto colocou-a a seu lado na mesa. (Que alívio para ela.) O simpático Niels estava do outro lado.
O empregado distribuiu as ementas. Gedanken abriu a ementa e descobriu que não conseguia ler uma só palavra! Pânico! Será que ia passar fome?
— Tio — sussurrou — está tudo numa língua estrangeira.
— Em francês — segredou-lhe o Tio Alberto. — Está em *francês*. Não te ensinam nada lá na escola?
— Mas porquê? As pessoas que aqui estão são todas francesas? — perguntou ela, olhando em volta.
O Tio Alberto sorriu. — Não. Digamos que eles acham que assim é mais... fino.
— É mas é mais estúpido, se quer que lhe diga.
O Tio ajudou-a a escolher o prato. O empregado tomou nota e perguntou o que iam beber. O Tio Alberto pediu vinho e acrescentou — A minha sobrinha bebe um sumo de fruta.
Gedanken mostrou-se desapontada, mas não lhe serviu de nada.
O empregado desapareceu, para regressar quase logo de seguida. Para surpresa de Gedanken, o empregado retirou uma parte dos talheres. Ela nem sequer tivera oportunidade de os usar! De seguida, o empregado colocou talheres diferentes. Quando se foi embora, Gedanken virou-se para o Tio.
— O Tio viu *aquilo*? O que está ele a fazer? — perguntou ela.

— Ele sabe que tu pediste camarões para começar, e não uma sopa, por isso retirou a colher da sopa e colocou um talher diferente para os camarões. Tu também disseste que querias um bife, por isso ele trouxe-te uma faca para bifes – explicou.
— Então porque tinha ele colocado os outros talheres antes de saber o que eu queria? Isso também é fino?
O empregado regressou novamente. Desta vez pegou no guardanapo dobrado que estava à frente de Gedanken.
— Agora está a tirar-me *isto* – pensou ela indignada.
Mas não, o empregado abriu o guardanapo e colocou-o sobre as pernas de Gedanken.
— Olhem-me só para este! – pensou ela. – Só porque sou mais pequena, ele acha que não sei...
Mas, mais uma vez, não! O empregado fez o mesmo a todas as pessoas. Que estranho!
Quando chegou o primeiro prato, Gedanken pediu a manteiga e começou a cortar o pão com a faca.
O Tio Alberto inclinou-se ligeiramente, abanou um pouco a cabeça, e murmurou – Faz antes assim.
Pegou no pão e partiu-o ao meio com as mãos.
Gedanken franziu as sobrancelhas. – Mas assim encho tudo de migalhas. Vão pô-lo daqui para fora por estar a fazer uma porcaria tão grande. Era muito melhor se usasse a faca.
O Tio abanou a cabeça. – Aqui não.
Gedanken olhou em volta para as outras pessoas. Todos faziam tal como o Tio lhe dissera. Havia migalhas por toda a parte.
— Então isto é que é ser fino? – perguntou-se Gedanken.
Estavam a meio do prato principal quando Niels se inclinou para a frente.
— Então Alberto, já tiveste mais ideias brilhantes para conseguires tornear o Princípio de Incerteza, do Werner? – perguntou ele com um ligeiro sorriso.

— Estou a trabalhar nisso — respondeu o Tio Alberto de uma forma algo rude. — Em breve deverei dizer-vos alguma coisa, vão ver.

— Não, não — disse Werner. — Aposto o que tu quiseres.

Foi assim que começou a discussão. Bem, não era propriamente uma discussão. Mas a conversa aqueceu bastante. Estavam evidentemente a continuar uma conversa que deveriam ter iniciado anteriormente na conferência. Pareciam ter-se esquecido completamente de que Gedanken estava ali.

Até que Gedanken se decidiu a falar:

— Hum, hum — tossiu ela, para limpar a garganta. — Posso fazer uma perguntinha?

De repente, calaram-se todos e ficaram a olhar para ela. O que teria esta *miúda* para dizer?

— Bem, é assim. Queria saber o que *é* um electrão, ou a luz, ou qualquer coisa, mas pode ser um electrão. Se bem compreendi, comporta-se como uma partícula, como um *quantum*, quando atinge alguma coisa, não é? E comporta--se como uma onda quando se tenta descobrir *onde* vai atingir, ou onde *provavelmente* vai atingir alguma coisa. Mas e se não atingir nada...?

Parou durante alguns instantes, sentindo-se subitamente muito receosa. Estavam todos a olhar para ela. Houve um silêncio algo embaraçoso.

— Continua, por favor — disse Niels de forma simpática.

— Isso é muito interessante. O electrão não vai atingir nada, não foi o que disseste...?

— É isso — continuou Gedanken. — Suponhamos que o electrão está num espaço vazio sem fazer nada. Não se está a olhar para ele nem com a luz, nem com outras coisas. Está ali sozinho. O que é *então*? É uma partícula... uma partícula muito pequenina não maior do que um ponto... Ou é uma

onda... toda estendida com pontos altos e pontos baixos? Durante alguns momentos poderia ter-se ouvido um alfinete a cair no chão... Não se ouvia som nenhum, excepto o murmúrio distante das conversas na sala principal. Depois, começaram todos a discutir:
– É uma onda – disse Erwin. – É de certeza uma onda.
– Bem, esperem aí – disse Werner. – Não é assim tão simples. E a energia que é perdida como *quanta*?
– O que tem? – replicou Erwin. – Não me parece que "energia" queira significar alguma coisa quando se trata do que está a acontecer a uma escala muito pequena. Numa escala maior, a energia do calor daquelas batatas acolá, sim, muito bem. Mas não ao nível subatómico.
O Tio Alberto falou precipitadamente. – Mas *não* se pode pôr de parte o que eu descobri acerca dos pequenos pacotes de *quanta* na energia da luz.
– Huhum! – resmungou Erwin. – Todos estes saltos de *quanta*. Só lamento ter-me envolvido em toda esta questão.
– Eu já te disse que achava que tinhas errado nessa questão, Alberto – disse Max.
– Calma. Calma – disse um outro, que por acaso também se chamava Max. – Não há como escapar aos *quanta* de luz do Alberto. De facto, penso que estás completamente errado, Erwin. O electrão da Gedanken, ali sozinho, não é uma onda; é uma partícula... um *quantum*.
– Então e quanto à natureza da onda? – insistiu Erwin. – Queres dizer que perdi o meu tempo a descobrir tudo o que descobri acerca das ondas?
– É claro que não, é claro que não – continuou o segundo Max. – Temos necessidade das ondas porque elas podem revelar-nos algo para o nosso *conhecimento* do *quantum*.
– *Conhecimento*? É *só* isso?
– É isso mesmo. As ondas não são *reais*. Elas não estão

ali como uma espécie de *coisa* física. A *coisa* física é um *quantum*. A conversa acerca das ondas é apenas a nossa forma de dizermos onde pensamos que provavelmente virá a surgir.

— Não tenho bem a certeza se concordo com isso — disse o Tio Alberto.

— O que queres dizer com essa de não teres bem a certeza de concordares? — perguntou Max, parecendo surpreendido.

— Foste *tu* quem me deu esta ideia em primeiro lugar.

— Não sei como — disse o Tio Alberto, parecendo espantado.

— Na verdade, estão todos enganados — disse Louis. — O electrão da Gedanken é um *quantum e* uma onda. Há uma partícula, mas colada à partícula está uma onda, e é a onda que orienta a partícula de um lado para o outro.

— Ah! Isso agora parece-me mais acertado — disse o Tio Alberto.

— Bem, não tenho assim tanta certeza acerca desta questão da onda orientadora — disse Werner. — Aceitava sem dúvida a ideia de que o electrão da Gedanken é uma partícula perfeitamente normal. Está numa certa posição no espaço e movimenta-se a uma velocidade particular, numa direcção particular. Se soubéssemos qual era o valor da posição, da velocidade e da direcção, poderíamos prever o que lhe viria a acontecer mais tarde. Mas não podemos. Somos demasiado desajeitados. Quando olhamos para o electrão, damos-lhe uma pancada... com um dos *quanta* de luz do Alberto. Desse modo nunca conseguimos obter todas as informações de que necessitamos.

Nesta altura, Gedanken já se sentia muito confusa. Parecia-lhe que de cada vez que alguém dizia alguma coisa era algo extremamente sensato. Mas a pessoa que se pronunciava de seguida também parecia sensata, apesar de dizer o contrário do que a pessoa anterior dissera!

Ainda bem que chegara a altura da sobremesa. O empregado trouxe um carrinho. Para isto não era necessário saber francês; só era preciso apontar. Mas para que sobremesa poderia ela apontar? Tantas coisas para escolher. Não se conseguia decidir entre o bolo Floresta Negra, ou a tarte de morangos com merengue. No fim, acabou por escolher o bolo. Niels escolheu a tarte de morangos e depois de o empregado se ter ido embora, murmurou para Gedanken:
– Será que depois me vais poder ajudar com isto? De facto, já nem consigo comer mais nada.
Gedanken disse-lhe que sim, cheia de vontade de provar a tarte.
Enquanto Gedanken comia, Niels virou-se para Werner.
– O que disseste há pouco Werner, acerca dessa tua incerteza... Dizes que é porque não conseguimos obter suficientes informações acerca do electrão.
– Sim? – perguntou Werner.
– Bem, acho que não tens toda a razão. Acho que a informação que procuras nem sequer lá está.
– Claro que está *lá*. O electrão tem de estar algures, em alguma posição. Tem de ter alguma espécie de movimento, uma velocidade numa qualquer direcção.
– Não necessariamente – continuou Niels. – De cada vez que falamos acerca de um electrão, ou que fazemos uma experiência com ele, estamos sempre a atingi-lo com qualquer coisa. Queremos saber *onde* vai atingir um muro. Queremos saber *como* é que atinge o muro. Se o quisermos ver, temos de o atingir com a luz. É sempre atingido. As palavras que usamos têm sempre a ver com *atingir*.
– E então? *Onde* queres chegar?
– Simplesmente a este ponto. O electrão da Gedanken está ali sem fazer nada; tal como ela disse, não está a atingir nada. Nesse caso, que direito temos de usar palavras ligadas a *atingir*?

O jantar dos cientistas malucos

— Francamente Niels — declarou Erwin irritado. — Vai direito ao assunto, por favor. O electrão da Gedanken: Partícula? Onda? Os dois? O que defendes?

— Não defendo nenhum dos dois — disse Niels. A palavra "partícula" descreve o modo como um electrão acerta em alguma coisa; a palavra "onda" descreve o ponto onde o electrão acerta. Ambas (as palavras) são igualmente necessárias para se chegar a um entendimento completo do modo como e do ponto onde se acerta. Mas, tal como acabei de dizer, o electrão da Gedanken não acerta em nada. Por isso não se pode usar *nenhuma* das palavras. No que diz respeito ao electrão *dela*, essas palavras *não fazem qualquer sentido*.

— Não faço a mínima ideia de onde pretendes chegar — disse Erwin.

— Eu também não — disse Louis.

— Um *gubbuk* — disse Gedanken, com a boca cheia de merengue de morangos, e ainda com sinais do bolo de chocolate que acabara de comer nos lábios.

— Huumm? — disse Niels. — Não percebi o que disseste. Um.... O que disseste?

— Um *gubbuk* — repetiu Gedanken. — É o mesmo género de coisa.

— Hum, hum — murmurou o Tio Alberto, dando um pequeno toque com o cotovelo em Gedanken — Acho que é melhor explicares isso. Duvido que eles... percebes...

— Ah, está bem — disse Gedanken. E explicou o que era um *gubbuk*.

— Por isso, estão a ver — concluiu ela — está certo descrever-se uma colher de chá como um "*gubbuk*" se estiver a ser lavada, mas não faz sentido nenhum chamar-lhe um "*gubbuk*" quando está na gaveta, muito quietinha.

— Excelente! — gritou Niels. — Não poderia tê-lo dito

melhor eu próprio. Se não se está a lavar, não há *gubbuk*; se não se estiver a acertar em nada, não há partícula, não há onda.
— *Gubbuk*? — resmungou Louis. — Não compreendo. Em francês não temos essa palavra...
— Bem, e quanto ao salão de baile e ao laboratório — sugeriu Gedanken. — É outra vez a mesma coisa.
— Salão de baile? Que salão de baile? — perguntou Louis, parecendo cada vez mais confundido. — E um laboratório, foi isso que disseste?
— Ai, ai! — pensou Gedanken para consigo. — Ele também não sabe nada acerca daquilo...
— Acho que sei o que a Gedanken está a tentar dizer — interrompeu o Tio Alberto, tentando ajudá-la — é que, hã... suponhamos... sim, vamos supor, só por hipótese, que existia um grande salão, algures, um salão que por vezes fosse utilizado para dançar e outras vezes fosse utilizado para realizar experiências científicas...
— Mas, não compreendo — queixou-se Erwin. — Por que motivo seria um salão usado para...
— Eu disse "vamos supor", está bem? — insistiu o Tio Alberto, um pouco zangado. — Então... bem...
Olhou para Gedanken.
— Sim. Bem... tal como estava a dizer — continuou Gedanken. — Quando fosse usado para dançar era um salão de baile e quando fosse usado para fazer experiências era um laboratório. Mas se não estivesse a acontecer nada no seu interior era um salão de baile ou um laboratório?
— Nenhum dos dois! — exclamou Werner. — Sim, é evidente, agora percebo. E acontece o mesmo com o teu electrão. Quando não está a fazer nada não é uma partícula nem é uma onda!
— É exactamente isso que estou a tentar explicar — disse

Niels. – Não é nenhuma das duas coisas. De facto, não há absolutamente *nada* que possa ser dito acerca de um electrão que não esteja a ser observado, um electrão que não esteja a atingir ou a ser atingido por qualquer coisa. Estamos perante a barreira do conhecimento.

– Oh não, outra vez *isso* não. – resmungou o Tio Alberto.

– Então, o meu Princípio de Incerteza – continuou Werner – tem um grande problema... afinal, não está certa a razão pela qual temos um Princípio de Incerteza. Não é por sermos desajeitados e não conseguirmos obter todas as informações que gostaríamos acerca do electrão, acerca da sua posição, velocidade, etc. Na verdade, ele *não* tem uma posição, *não* tem uma velocidade, porque *não é* uma partícula. As informações nem sequer lá estão!

– De facto – declarou um outro. – Não só o electrão não tem uma posição nem uma velocidade antes de olharmos para ele, como poderá nem sequer estar lá quando não o estamos a observar! E que tal esta? Não faz sentido falar acerca do electrão da Gedanken por aí no espaço, completamente sozinho, porque na verdade não está lá nada. E não apenas o electrão. Se ninguém estiver a olhar para o mundo, talvez o mundo inteiro não esteja lá!

– Ei, é essa a resposta! Grande ideia – concordou um outro.

– PAREM! – gritou furioso o Tio Alberto. – Isso é LOUCURA! É evidente que o mundo está lá o tempo todo. É evidente que se comporta de uma forma perfeitamente normal e sensata. Toda esta conversa acerca de palavras sem sentido. O nosso trabalho é descrever o mundo tal como ele *é*...

– Não, não – interrompeu Niels. – Isso era o que *costumávamos* pensar. Costumávamos pensar que o nosso trabalho era descrever o mundo. Para o fazer tínhamos de

olhar para o mundo, tínhamos de fazer experiências sobre ele, para ver que tipo de mundo era este. Nessa altura, depois de termos dado uma vista de olhos, o que escrevíamos nos livros de Física era supostamente uma descrição desse mundo, quer estivéssemos ou não a observá-lo. O que descobrimos agora foi que o que escrevíamos *não* era uma descrição do mundo de maneira nenhuma! Era uma descrição de *nós a olharmos para o mundo!* E isso é *tudo* o que alguma vez seremos *capazes* de fazer...
— Que disparate! — gritou o Tio Alberto. — O nosso trabalho é o que sempre pensámos que era: é descrever o mundo tal como ele *é*. E é isso o que tenciono fazer, vão ver se não faço. Chamem-lhe "a barreira do que pode ser conhecido" se quiserem. Veremos se é realmente uma barreira que nunca poderá ser derrubada. E quanto ao teu Princípio de Incerteza, Werner, recuso-me a aceitar que nunca seremos capazes de prever o futuro. Toda esta conversa acerca das probabilidades e do acaso! Deus não joga aos dados. Se por um só momento eu pensasse que tinhas razão, preferia antes dirigir um salão de bingo do que ser um Físico.

E assim continuou a grande discussão. Gedanken deixou--os continuar. Começara a apreciar realmente o restaurante fino. Descobrira que lhe bastava olhar para o empregado e ele vinha a correr ter com ela para ver o que ela queria. Já ia na terceira chávena de café ...e quanto a bombons... já deviam sair-lhe pelas orelhas!

Inclinou-se para o Tio Alberto.

— Vou ver como é a casa de banho — segredou-lhe. Enquanto empurrava a cadeira para trás, acrescentou — São loucos, todos eles.

— Loucos?

— Sim. Bem, quero dizer, será que gostaria de ser um ratinho com toda esta gente à sua volta a falar desta maneira?

10
Explicador informático

– Já corta melhor? – perguntou Gedanken, por cima do muro do jardim.

O Tio Alberto desligou a máquina de cortar relva.

– Sim, muito melhor. Está como nova – disse ele. – Só precisava de uma nova lâmina.

Inclinou-se, ligeiramente cansado, sobre a máquina.

– Sim. Pensando bem, ir à cidade e comprar aquela lâmina foi o melhor daquela conferência – sorriu. – Mas afinal, o que vens cá fazer? Estás só de passagem ou trazes mais presentes?

– Presentes? O que quer dizer com isso?

– Se trazes mais uma das tartes da tua mãe, com aquelas coisinhas castanhas?

– Não, não.

– Oh, que pena. Já comi a outra – disse ele, acrescentando com um piscar de olhos – Então, o que há de novo?

Gedanken sorriu. – Nada, só vim perguntar-lhe se gostaria de ir no Sábado à minha escola assistir ao Dia Aberto.

– Dia Aberto? Na escola? Não. Acho que não tem muito a ver comigo... obrigado de qualquer forma.

O Tio Alberto apercebeu-se que Gedanken ficara desapontada, por isso acrescentou rapidamente – Na verdade, comprei um bolo magnífico esta manhã. Pretendia comê-lo hoje à noite, mas se quiseres podemos começar a comê-lo já – só um lanchinho. Não queres ir lá dentro pôr um café a fazer? Não demoro nada. Vou só acabar isto e o resto fica para mais tarde.

Alguns minutos depois estavam os dois sentados no banco do jardim, junto à porta das traseiras, a tomar café e a comer bolo.

— Então não gostou muito da conferência, pois não? — perguntou Gedanken.

O Tio Alberto não respondeu.

— Já descobriu uma forma de dar a volta ao Princípio de Incerteza?

— Desisti.

— Desistiu? Mas eu pensava...

— Não serve de nada. Já tentei tudo. Parece que não há grandes hipóteses de lhe dar a volta.

— Então o Werner tinha razão? O futuro é incerto, é? Nunca poderemos saber bem o que vai acontecer... Ou, pelo menos nunca conseguiremos saber de uma forma exacta?

O Tio Alberto acenou com cabeça. — Parece que não.

Gedanken estava espantada. Não era nada habitual do Tio Alberto desistir de alguma coisa.

— Mas, não consigo compreender... o mundo comporta--se de uma forma sensata, não é? Se se *conseguisse* recolher todas as informações acerca da posição, da velocidade e de outras coisas assim, então *seria* possível prever o futuro. Mas não se *consegue*, ou pelo menos não se consegue recolher informações suficientes. É por isso que o futuro nos parece incerto. É assim, não é?

O Tio Alberto encolheu os ombros. — Já nem sequer tenho a certeza de que o mundo se comporta de forma sensata... pelo menos para além do que conseguimos ver. *Costumava* pensar que sim, mas agora...

Sentada, toda arqueada, Gedanken ia pensando que o Tio lhe parecia bastante triste.

— Mas de uma coisa tenho a certeza — acrescentou ele zangado. — Sei que o mundo ainda está presente quando não

Explicador informático

estamos a observá-lo. E mais, a tarefa da ciência continua a ser o que sempre pensámos: descrever o modo tal como ele se comporta, quer estejamos ou não a observá-lo.

Seguiu-se um longo silêncio. Então, o Tio Alberto murmurou:
– Eles dizem que eu já pertenço ao passado, Gedanken. Que já não consigo manter-me a par das inovações, que já não consigo acompanhar os mais novos.

De facto, Gedanken *notara* que Werner e Louis, e alguns dos outros pareciam ser muito mais jovens do que o Tio Alberto.

– Eles dizem que não consigo assimilar todas estas novidades – continuou ele. – Que estou preso ao passado, preso à velha Física, ao passo que todas as outras pessoas já progrediram. – Virou-se para Gedanken. – *Achas* que sou um velho tonto e obstinado?

Gedanken abanou a cabeça, dizendo que não
– O Tio tem as suas ideias, mas... não.
– Também penso que não – resmungou ele em tom de desafio. – É *evidente* que compreendo essas coisas novas. Por quem me tomam eles? O que *não* posso aceitar é que o que aprendi até hoje tenha sido *tudo* o que há para aprender. Foram *eles* que desistiram. Pararam de tentar descobrir uma explicação *adequada*. Mas eu não. Quero continuar em busca de qualquer coisa que seja ainda *mais* surpreendente do que qualquer das outras coisas que já descobri até hoje!
– É isso Tio – disse Gedanken. – Mostre-lhes do que és capaz!

Ele riu-se.
– Seja como for. Já chega. Mudemos de assunto. Já acabaste...?

Pegou na caneca dela.
– Esse Dia Aberto. Tinhas alguma razão especial para

quereres que eu fosse? Hã? Nunca me pediste antes para ir contigo...
— Sim. Há uma razão especial.
— Então, por que não me disseste?
— Não tive oportunidade, pois não? "Acho que não tem muito a ver comigo..." foi o que o Tio disse, todo vaidoso.
— Desculpa, não queria... Então... o que é?
— Não sei muito bem se o Tio conseguirá perceber — disse ela de forma maliciosa.
— O que queres dizer com isso?
— Ora bem, se está com uma disposição tão má, com tanta pena de si próprio... não é propriamente a altura certa para demonstrar que estava errado quanto a uma outra coisa, não é?
— Errado? De que forma? — perguntou ele franzindo o sobrolho.
— Oh, esqueça — disse ela, pondo-se de pé. — Tenho de ir ter com a mãe ao supermercado, para a ajudar a levar as coisas. Já vou chegar tarde. Obrigada pelo bolo. E, oh — acrescentou astutamente — se por acaso passar pela escola às duas horas de Sábado, *pode* ser que eu esteja lá à sua espera. Não posso prometer. O futuro é tão incerto, não é?

*

Como é evidente, às duas horas da tarde de Sábado, o Tio Alberto lá estava... tal como Gedanken. Ela pegou-lhe no braço e fê-lo atravessar a área onde estava instalada a feira de diversões. A maior parte das barracas eram habituais neste género de acontecimentos: tômbola, jogos, comidas e bebidas. Havia ainda uma cama elástica, uma carrinha de gelados e os bombeiros tinham trazido um carro de bombeiros com uma grande escada.

— Esta é a minha favorita — disse ela. — Cada dardo custa uma moeda e pode-se atirar um dardo aos professores... Claro que é só às *fotografias* deles... oh...
— O que é? — perguntou ele.
— Pobre Cenoura. A fotografia dele é a que tem mais dardos.
Entraram no edifício da escola. Os corredores estavam decorados com trabalhos dos alunos e em cada sala havia uma exposição com os projectos dos alunos de cada turma. Supostamente deveriam ter sido seleccionados "à sorte", mas todas as pessoas sabiam que os professores só escolhiam os melhores trabalhos para impressionar os visitantes.
— Tens algum trabalho exposto? — perguntou o Tio Alberto.
— Huum! — retorquiu Gedanken. — Está a brincar?
— Então... porque querias que eu viesse? — perguntou ele.
— Ora, aqui está — disse Gedanken entusiasmada.
Era a sala de computadores. Estava cheia de pessoas.
— Temos de esperar pela nossa vez — disse ela. — Como vê, os computadores são muito *populares*.
O Tio Alberto torceu o nariz.
— É só isto? Já vi computadores antes... Os suficientes para não gostar deles.
Após quinze minutos, Gedanken conseguiu sentar-se num computador vago. Pegou numa disquete que trazia no bolso e colocou-a na *drive* de disquetes.
— Sente-se — disse ela. — Vou só instalar isto... Já está! Tudo pronto. Já pode arrancar!
— O que é isto? — perguntou o Tio Alberto, um pouco surpreendido.
— Já vai ver. Ora siga lá as instruções.
O Tio Alberto olhou para o ecrã. Nele estava escrito:

Bem-vindo ao
MUITO <u>AMIGÁVEL</u> E MUITO <u>INTELIGENTE</u>
EXPLICADOR INFORMÁTICO
de Gedanken
(com uma pequena ajuda do Sr. Turner)
Quando estiver preparado para começar, pressione a tecla
ENTER

O Tio Alberto sorriu. – Estiveste...
– Sim, sim. Eu disse-lhe que lhe ia mostrar. Vamos lá, continue.
– E agora, o que tenho de fazer? Pressionar a tecla ENTER. Onde está...?
– Ali! Pressione aquela tecla – disse Gedanken impacientemente. – Então, nunca fez isto antes?

O Tio Alberto seguiu as instruções de Gedanken. O ecrã mudou de configuração:

Olá, Alberto. Hoje vamos verificar através de um teste se compreendeu bem o Mundo Maravilhoso das Ondas e dos Quanta!

Para cada pergunta terá de pressionar uma das teclas, A, B, C, etc., de modo a escolher a resposta correcta. Boa sorte!
Pressione a tecla ENTER *para continuar.*

– Ei – disse o Tio Alberto com um olhar de admiração. – Como é que ele sabe o meu nome?
Gedanken riu-se.
– Continue – disse ela. – Pressione novamente a tecla ENTER.

Mal o Tio Alberto carregou na tecla ENTER, surgiu a primeira pergunta:

AS PERGUNTAS

1 Quantos tipos diferentes de átomos existem na natureza?
A 3
B 56
C 92
D Centenas de milhar

– Continue. Escolha uma – disse Gedanken.
– Bem, é evidente que são 92 – respondeu o Tio Alberto.
– Então carregue na letra C.
Ele assim fez e surgiu a seguinte afirmação no ecrã:

C Está correcto.

– Mas e se eu tivesse escolhido uma resposta errada? – perguntou ele.
– Pode tentar. Se quiser regressar à mesma pergunta, carregue na letra Z.
O Tio Alberto carregou na letra Z e a pergunta surgiu novamente no ecrã. Desta vez escolheu a resposta B. No ecrã surgiu:

B Escolheu à sorte.

O Tio Alberto sorriu. Tentou mais uma vez e escolheu D:

D Não. Azar. Há centenas de milhar de moléculas, e não átomos. Está a confundir os dois não está? Só são

necessários alguns tipos diferentes de átomos, agrupados de formas diferentes, para formarem todos esses tipos de moléculas. Tente novamente.
 – Extraordinário! – exclamou o Tio Alberto. – É exactamente este tipo de erro que alguém teria cometido se tivesse escolhido essa resposta.
 – Exactamente – disse Gedanken com um olhar de triunfo.
 – Ora vê? O simpático e amável computador consegue solucionar os seus problemas e dar-lhe a resposta certa.
 – Bem, bem. Nunca pensei que um computador conseguisse fazer isto. Fascinante. Mas... – e começou a coçar a cabeça.
 – Mas o quê?
 – Bem, não consigo perceber como é que o puseste a fazer isto tudo. Como é que se ensina um computador?
 – É fácil! – declarou Gedanken. – Bem, é fácil se se conseguir que o Cenoura nos dê uma ajuda. Na verdade, o programa é dele. Ele fornece o programa básico. Mas eu tive de fornecer as perguntas e isso significa que também tive de pensar nas diferentes opções. É isso que se chama ao A, ao B, ao C, etc... são opções. Depois tive de pensar nos comentários para cada uma das opções... Para o caso de serem escolhidas. E, é claro, tive de digitar tudo sozinha.
 – Fantástico. Isso é fantástico – disse o Tio Alberto. – Como é que passo à pergunta dois?
 – Tecla ENTER. Carregue na tecla ENTER para continuar.
 Mas, antes de o fazer, um rapazinho que estava de pé atrás da cadeira do Tio Alberto sussurrou para o pai: – Será que ainda vão demorar muito tempo?
 O Tio Alberto olhou em volta.
 – Desculpa. Não tinha percebido... – Levantou-se. – Podes sentar-te. É a tua vez. Desculpa. Estava um bocadinho entusiasmado.

Explicador informático

— Muito obrigado — disse o pai do rapaz. — Não queríamos incomodar...
— Não há problema — disse o Tio Alberto, resmungando para si próprio enquanto trocava de lugar — Começo a perceber por que motivo os miúdos se prendem tanto a estas máquinas malvadas.

Enquanto saíam da escola juntos, o Tio Alberto comentou: — Gostei. Ainda bem que vim. Ainda assim, é pena não ter visto as tuas outras perguntas.

Gedanken remexeu nos bolsos.
— Ah! — disse ela. — Bem me parecia. Ainda tenho a minha lista de perguntas, as que digitei naquele programa. Tome, pode vê-las se quiser. E esta é a lista de respostas e de comentários — disse ela, entregando-lhe uma outra folha. — Vai precisar delas para acertar nas respostas quando cometer algum erro — e riu-se. — Mas não vale ver as respostas antes de tentar responder a todas as perguntas.

Quando chegaram ao portão do jardim do Tio Alberto ele virou-se para ela, acenou-lhe com as duas listas e perguntou: — Então agora que tens a questão do mundo quântico resolvida, o que vais aprender de seguida?

— Nada — disse ela com firmeza. — Por enquanto o meu cérebro está cheio... Completamente CHEIO!

Nessa noite, quando chegou a casa, Gedanken foi directamente para o quarto e fechou a porta. Puxou uma cadeira, colocou-a em frente do espelho e sentou-se. Da última vez que tentara fazer o mesmo era capaz de jurar que conseguira ver um bocadinho da bolha pensadora antes de ela desaparecer. Talvez tivesse mais sorte desta vez...?!

Entretanto, o Tio Alberto sentou-se na sua cadeira favorita, pegou num lápis e começou a tentar responder à lista de perguntas de Gedanken.

Explicador informático

PERGUNTAS

1 Quantos tipos diferentes de átomos existem na natureza?
   A   3
   B   56
   C   92
   D   Centenas de milhar

2 Qual é o nome do átomo *mais leve*?
   A   hidrogénio
   B   hélio
   C   lítio
   D   urânio

3 Qual é o nome das partículas que zumbem em torno da *parte exterior* do núcleo de um átomo?
   A   nucleões
   B   electrões
   C   *quarks*

4 "A *única* diferença entre os diferentes géneros de átomos é que têm um número diferente de partículas a zumbir em torno dos respectivos núcleos". Esta afirmação é VERDADEIRA ou FALSA? (Preste muito atenção.)
   A   Verdadeira
   B   Falsa

5 Quantas partículas semelhantes a pontos existem num *único nucleão*?
   A   3
   B   92
   C   Centenas de milhar

6   Quando Gedanken viu pela primeira vez um átomo bem de perto, as partículas que zumbiam em torno do núcleo pareciam semelhantes a pontos que saltavam de um lado para outro. Por que motivo acontecia isto?

   A   Ela tinha de as observar através de uma luz estroboscópica de discoteca.
   B   As partículas estavam a ser atingidas por pacotes de energia e é isso que acontece com *qualquer* tipo de luz.
   C   Ela tinha de piscar os olhos enquanto as partículas voavam de um lado para outro.

7   O comprimento de onda da luz é:

   A   a distância entre um ponto alto e o ponto alto seguinte, ou entre um ponto baixo e o ponto baixo seguinte;
   B   a distância entre um ponto alto e o ponto baixo seguinte, ou entre um ponto baixo e o ponto alto seguinte;
   C   a diferença de altura entre a parte mais elevada de um ponto alto e a parte mais baixa de um ponto baixo;
   D   a dimensão da luz espalhada numa parede depois de ter passado por um orifício.

8   Suponha que faz passar um feixe de qualquer género através de um orifício até atingir uma parede. À medida que torna o orifício um pouco *mais pequeno*, verifica que o feixe se espalha cada vez *mais*.

A Isto demonstra que o feixe é composto por partículas.
B Isto demonstra que o feixe é composto por ondas.
C A partir disto não se pode afirmar se o feixe é composto por ondas ou por partículas.

9 Suponha que faz passar um outro feixe através do orifício até atingir a parede. Desta vez, à medida que torna o orifício *mais pequeno*, verifica que o feixe se espalha *menos*. (ATENÇÃO! É uma questão um pouco traiçoeira!)

A Isto demonstra que o feixe é composto por partículas.
B Isto demonstra que o feixe é composto por ondas.
C A partir disto não se pode afirmar se o feixe é composto por ondas ou por partículas.

10 Um feixe de nucleões atravessa um orifício e atinge a parede. Suponha que queria descrever *que ponto* da parede deverá ser atingido pelos nucleões. Qual das *DUAS* palavras seguintes poderia ter de utilizar? (Repare que lhe estamos a pedir *que ponto* deverá ser atingido e não *como* é que os nucleões atingirão a parede.)

A *quantum*
B comprimento de onda
C partícula
D difracção

11 Num padrão de difracção, algumas partes são mais brilhantes do que outras. Porque acontece isso? Escolha a explicação correcta.

   A   Cada um dos *quanta* que vão para as partes mais brilhantes têm mais energia do que os que vão para as partes mais escuras.
   B   Os *quanta* têm a mesma energia, mas vão mais *quanta* para as partes mais brilhantes do que para as partes mais escuras.

12 Qual foi a principal razão para se enviar os electrões pelo cano abaixo *ao mesmo tempo*, em vez de serem enviados em conjunto?

   A   O Coelho não conseguia apanhar mais do que um electrão de cada vez.
   B   É importante repetir as experiências científicas.
   C   Assim foi possível demonstrar que só se podem conhecer as probabilidades de um electrão ir para partes diferentes da parede.
   D   É a única forma de se obter a difracção.

13 <– Número do azar! Prossiga para a pergunta seguinte.

14 Um comboio saiu de Londres em direcção a Glasgow. O comboio viaja à velocidade de 150 Km/h. Será que é possível a partir apenas desta informação descobrir a que horas o comboio chegará a Glasgow?

   A   Sim
   B   Não

15 Qual destas duas afirmações é VERDADEIRA?

   A O Princípio de Incerteza defende que *nunca* se pode saber exactamente onde está uma coisa; a sua posição é *sempre* incerta.

   B O Princípio de Incerteza defende que não se pode saber exactamente onde está uma coisa, *se* se souber a que velocidade essa coisa viaja e para onde se dirige.

16 "O Princípio de Incerteza defende que não podemos prever o futuro a não ser que tenhamos muito melhor tecnologia, por exemplo melhores microscópios, de modo a podermos descobrir onde estão as coisas e o que estão a fazer". Esta afirmação é VERDADEIRA ou FALSA?

   A Verdadeira
   B Falsa

17 "Um destes dias, os Físicos apresentarão uma nova teoria que nos dirá realmente o que se passa no mundo, quer estejamos ou não a observá-lo".

   A Absolutamente verdadeira.
   B Absolutamente falsa.
   C Ninguém sabe ao certo.

RESPOSTAS

1   C   Está correcto.
    A e B   Escolheu à sorte.
    D   Não. Azar. Há centenas de milhar de *moléculas*, e não *átomos*. Está a confundir os dois não está? Só são necessários alguns tipos diferentes de átomos, agrupados de formas diferentes, para formarem todos esses tipos de moléculas. Tente novamente.

2   A   Está correcto.
    B   Esteve perto; é o segundo mais leve.
    C e D   Não.

3   B   Está correcto.
    A   Não. Estas são as partículas que compõem o núcleo.
    C   Não. Estas são as partículas que compõem os nucleões.

4   B   Está correcto. Espero que saiba porquê!
    A   Não. Os átomos também têm um núcleo de tamanho diferente.

5   A   Está correcto. Existem três *quarks* num nucleão.
    B   Não. Este é o número de diferentes géneros de átomos.
    C   Não. Este é o número de diferentes géneros de moléculas.

Explicador informático

6	B	Está correcto.
	A	Não. Isso era o que Gedanken pensava a princípio, mas estava enganada... Recorda-se?
	C	Quem lhe disse ISSO!?
7	A	Está correcto.
	B	Boa tentativa, mas não. Isto seria apenas metade do comprimento de onda.
	C	Escolheu à sorte.
	D	Não. O que está na parede chama-se "o padrão de difracção". O tamanho deste padrão depende do comprimento de onda, mas não é o próprio comprimento de onda. Tente novamente.
8	B	Está correcto.
	A e C	Não. A pergunta descrevia a difracção e esse processo só pode acontecer devido às ondas.
9	C	Está correcto.
	A e B	Não. Seria verdade se fossem partículas, mas também poderia ser verdade se fossem ondas, *caso o orifício fosse muito maior do que um comprimento de onda*. (Não dissemos qual era a dimensão do orifício... e essa era a parte traiçoeira!) Por isso, a partir das informações fornecidas, não é possível dizer se o feixe é composto por ondas ou por partículas.

10 B e D   Estão correctas.
    A e C   Não. Estas palavras descrevem o *modo como* os nucleões atingem a parede, não *o ponto* que atingem, que era aquilo que era perguntado.

11 B   Está correcto.
    A   Não. A parte brilhante do padrão de difracção é brilhante porque recebe *mais quanta* de luz, não porque cada um desses *quanta* tenha mais energia.

12 C   Está correcto.
    A   Não. O Coelho tinha algumas dificuldades em apanhar os electrões um de cada vez; ele preferia antes tê-los atirado em conjunto. Tente novamente.
    B   Não. Tem razão quanto ao facto de ser importante repetir as experiências, mas isso não era razão suficiente para enviar os electrões um de cada vez em vez de os enviar todos juntos. Tente novamente.
    D   Não. Também se verifica a difracção se os electrões forem atirados em conjunto. Tente novamente.

13 !

Explicador informático

14 B Está correcto.
    A Não. Além da velocidade também é necessário saber *onde* se encontra o comboio neste momento. Para se prever o futuro é necessário saber (i) onde estão as coisas, e (ii) o que as coisas estão a fazer.

15 B Está correcto.
    A Não. O Princípio de Incerteza defende que não se pode saber *as duas coisas* (i) onde está alguma coisa com exactidão, e (ii) o que essa coisa está a fazer com exactidão ao mesmo tempo. Por isso, *pode* saber-se com exactidão onde está alguma coisa, desde que também se saiba a velocidade a que se movimenta e em que direcção se movimenta.

16 B Está correcto.
    A Não. O Princípio de Incerteza não tem a ver com melhores microscópios. O Princípio de Incerteza defende que, independentemente da tecnologia, nunca se pode saber com exactidão onde está alguma coisa e, ao mesmo tempo, o que essa mesma coisa está a fazer.

17 C   Está correcto.
    A e B Não. Tal como demonstrou a discussão à mesa de jantar, os Físicos ainda não chegaram a acordo quanto a esta questão.

11

P.S. um pouco de ciência real

A história que acabaste de ler foi, como é evidente, inventada. Mas o mundo daquilo que é muito pequeno é realmente tão estranho quanto se tentou descrever ao longo destas páginas.

A maravilhosa variedade da natureza que vemos à nossa volta é composta apenas por 92 tipos diferentes de átomos. Albert Einstein, um dos maiores Físicos de todos os tempos, desempenhou um papel muito importante na demonstração de que os átomos e as moléculas eram reais. Descobriu-se mais tarde que os átomos eram compostos por um núcleo e por electrões; que o núcleo era composto por nucleões; e que os nucleões eram compostos por *quarks*.

Quanto à luz, no início do século XX, todas as pessoas tinham a certeza de que era composta por ondas. Mas Einstein conseguiu demonstrar que quando a luz arrancava electrões de uma placa metálica, comportava-se como uma corrente de pequenos pacotes de energia: os *quanta*. Esta descoberta foi tão surpreendente que até Max Planck, cujos trabalhos anteriores tinham servido de base a Einstein, não conseguiu acreditar nela a princípio.

Ao longo dos vinte e cinco anos seguintes, outros Físicos fizeram novas descobertas. Alguns deles, como Einstein, receberam o Prémio Nobel da Física pelo papel que desempenharam na evolução desta disciplina.

Por exemplo, Louis de Broglie sugeriu que os electrões também poderiam ter uma natureza de onda, que mais tarde se descobriu ser efectivamente verdadeira. E não só os electrões: descobriu-se que *tudo* tinha uma natureza de onda. Erwin Schrödinger trabalhou na matemática das ondas. Max Born sugeriu que as ondas tinham a ver com probabilidades. Werner Heisenberg apresentou o Princípio de Incerteza.

Mas em 1927, Niels Bohr deu início a um enorme debate acerca do que *significava* a nova Física Quântica: será que havia alguma esperança de se conseguir tornear o Princípio de Incerteza? Será que o mundo estava presente quando não se estava a observá-lo? Se assim fosse, será que havia algo que se pudesse dizer acerca do mundo invisível?

Muitos Físicos participaram nestas discussões em inúmeras conferências – e não apenas nas salas de conferências. Durante muitos anos Einstein e Bohr defenderam posições contrárias, mas nunca perderam o enorme afecto e respeito um pelo outro.

Nas suas argumentações, Einstein fez grande uso da sua extraordinária imaginação. Inventou todo o género de situações invulgares. Eram conhecidas como as "experiências de pensamento" de Einstein. Na língua alemã, eram designadas por "Gedanken Experiments".

À medida que os anos passavam Einstein descobria que estava cada vez mais isolado na defesa das suas opiniões. Havia algumas pessoas que consideravam que este grande homem já tinha passado à história; que já tinha sido ultrapassado pelos cientistas mais jovens. Mas essa não era a *sua* opinião. Tentou apresentar uma teoria ainda mais extraordinária, uma teoria que pudesse pôr de parte as incertezas de Heisenberg. Ou, para o caso de não o conseguir, uma teoria que pudesse pelo menos descrever o mundo tal

P. S. um pouco de ciência real

como ele realmente era e não apenas uma teoria que nos descrevesse a observar o mundo. E o que aconteceu no final? Einstein nunca conseguiu apresentar uma nova teoria. Porquê? Algumas pessoas afirmam que isso aconteceu porque Bohr, Heisenberg e os seus colegas tinham razão desde o início: não é possível elaborar nenhuma teoria desse género. Outras pessoas discordam. Até hoje estas últimas pessoas acreditam que Einstein tinha razão em tentar compreender mais aprofundadamente tudo o que nos rodeia e tentam dar continuidade às explorações que Einstein iniciou.

Todas estas coisas são uma surpresa para ti? Achas estranho que se pense que os cientistas discordam uns dos outros? Quem é que achas que tinha razão, Einstein ou Bohr (o Tio Alberto ou Niels)?

Talvez algum dia surja alguém que solucione o enigma quântico de uma vez por todas. Quem sabe se esse cientista há muito aguardado não serás TU! •

ÍNDICE

	O Autor	7
1	Mãos à obra	11
2	Matéria picada	21
3	A dança dos pontos	33
4	Espremer as ondas	47
5	Clarões de disparos	59
6	Fazem todos o mesmo!	71
7	O mundo tortuoso dos *quanta*	83
8	Um de cada vez	93
9	O jantar dos cientistas malucos	107
10	Explicador informático	125
11	P.S. um pouco de ciência real	145

Livros de Russell Stannard publicados por Edições 70

O TEMPO E O ESPAÇO DO TIO ALBERTO
As aventuras de Gedanken, cujas experiências espaciais vão permitindo ao seu tio a elaboração da teoria da relatividade restrita.

OS BURACOS NEGROS E O TIO ALBERTO
Novas descobertas de Gedanken, a sobrinha do famoso cientista... A teoria da relatividade generalizada numa história muito aliciante que prende a atenção de todos, *independentemente* da idade.

EU SOU QUEM SOU, SAMUEL
A aventura de um jovem que, através do monitor do seu computador, recebe a visita de um intruso que inicia o diálogo afirmando ser Deus... É o início de uma viagem pelo Universo para «ver» como este surgiu.

O MUNDO DOS 1001 MISTÉRIOS
O autor prossegue as suas explicações científicas «inventando» agora o processo usado em *As Mil e Uma Noites* para evitar que o mundo seja destruído... Apaixonante e educativo.

PERGUNTEM AO TIO ALBERTO
Acabadinhas de sair da caixa de correio do famoso cientista tio Alberto, aqui estão 100 ½ perguntas, todas feitas por crianças, sobre coisas como buracos negros, planetas, átomos, estrelas, nuvens, cores ou vulcões. As respostas ajudam-nos a desvendar os mais fascinantes segredos científicos do Universo...

A CURIOSA HISTÓRIA DE DEUS
Apenas algumas das grandes questões que as pessoas têm colocado ao longo dos tempos. Existirá apenas um Deus? Mas a Bíblia por vezes não refere a existência de vários deuses? Porque haveria um Deus de todo o mundo de viver no deserto? Este fascinante livro mostra como, através dos tempos bíblicos, as pessoas chegaram a um melhor conhecimento de Deus.

O TIO ALBERTO E O MUNDO DOS *QUANTA*
Nesta extraordinária missão, Gedanken penetra no mundo minúsculo dos *quarks* e dos electrões após beber o líquido contido num frasquinho mágico. Confiante na sabedoria do tio Alberto e sempre pronta para a aventura e para a descoberta, parte assim em exploração de um mundo maravilhoso de luz e de matéria, onde nada é o que parece...